A CABEÇA CORTADA DE DONA JUSTA

Copyright © 2022 *by* Rosa Amanda Strausz

Publicação desta obra em acordo com a MTS Agência.

Direitos desta edição reservados à
EDITORA ROCCO LTDA.
Rua Evaristo da Veiga, 65 – 11º andar
Passeio Corporate – Torre 1
20031-040 – Rio de Janeiro – RJ
Tel.: (21) 3525-2000 – Fax: (21) 3525-2001
rocco@rocco.com.br | www.rocco.com.br

Printed in Brazil/Impresso no Brasil

Preparação de originais
BÁRBARA MORAIS

CIP-Brasil. Catalogação na publicação.
Sindicato Nacional dos Editores de Livros, RJ.

S894c

Strausz, Rosa Amanda, 1959-
    A cabeça cortada de Dona Justa / Rosa Amanda Strausz. – 1ª ed. – Rio de Janeiro : Rocco, 2022.

    ISBN 978-65-5532-228-6
    ISBN 978-65-5595-114-1 (e-book)

    1. Ficção brasileira. I. Título.

22-76087

CDD-869.3
CDU-82-3(81)

Meri Gleice Rodrigues de Souza – Bibliotecária – CRB-7/6439

O texto deste livro obedece às normas do
Acordo Ortográfico da Língua Portuguesa.

Não há escapatória: pagamos pela violência de nossos ancestrais.
– *Duna*, Frank Herbert

Choveu, choveu
Sete dias sem parar
Tudo ficou alagado
Co'as lágrimas de Oxalá.
– Ponto de Oxumarê

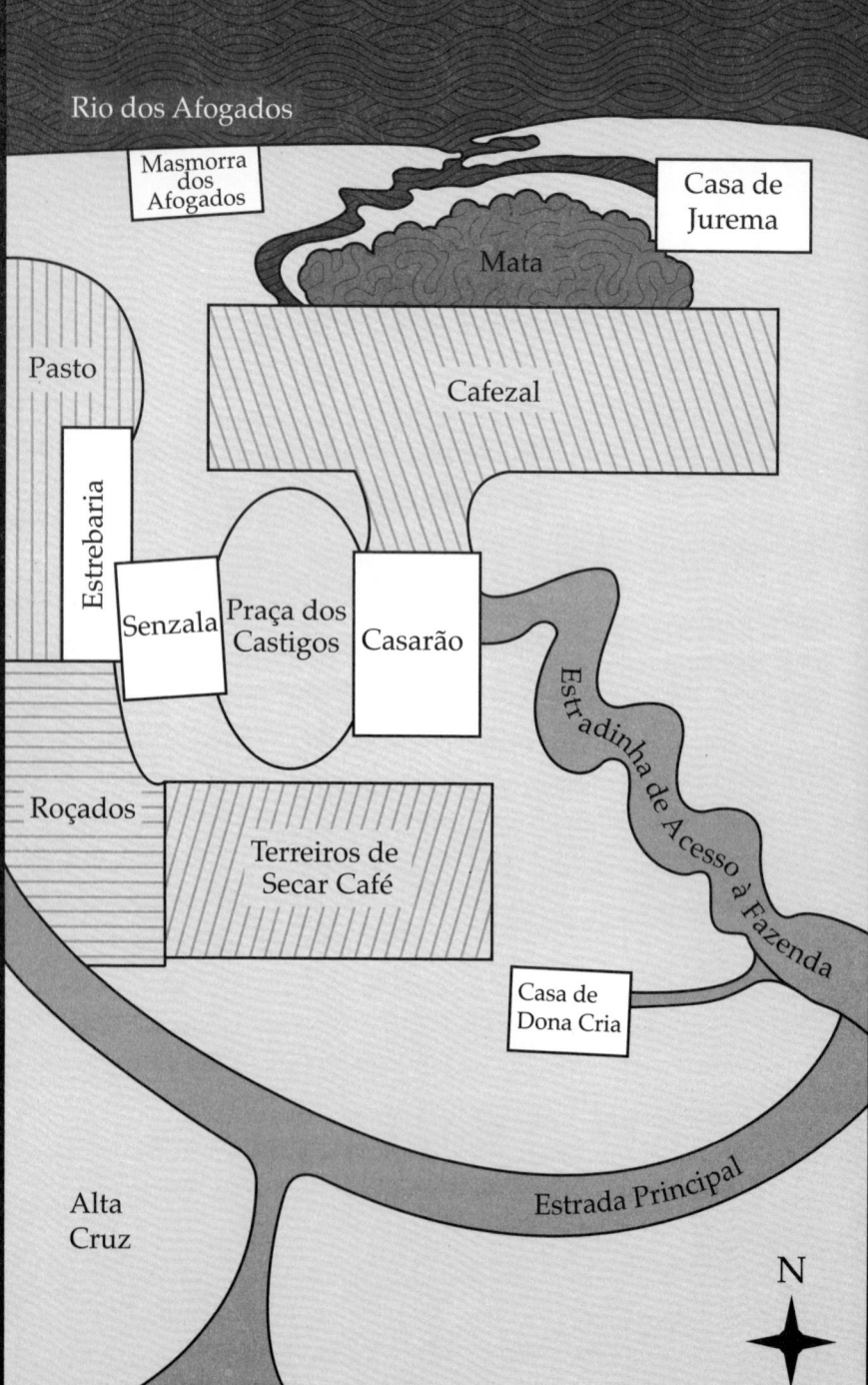

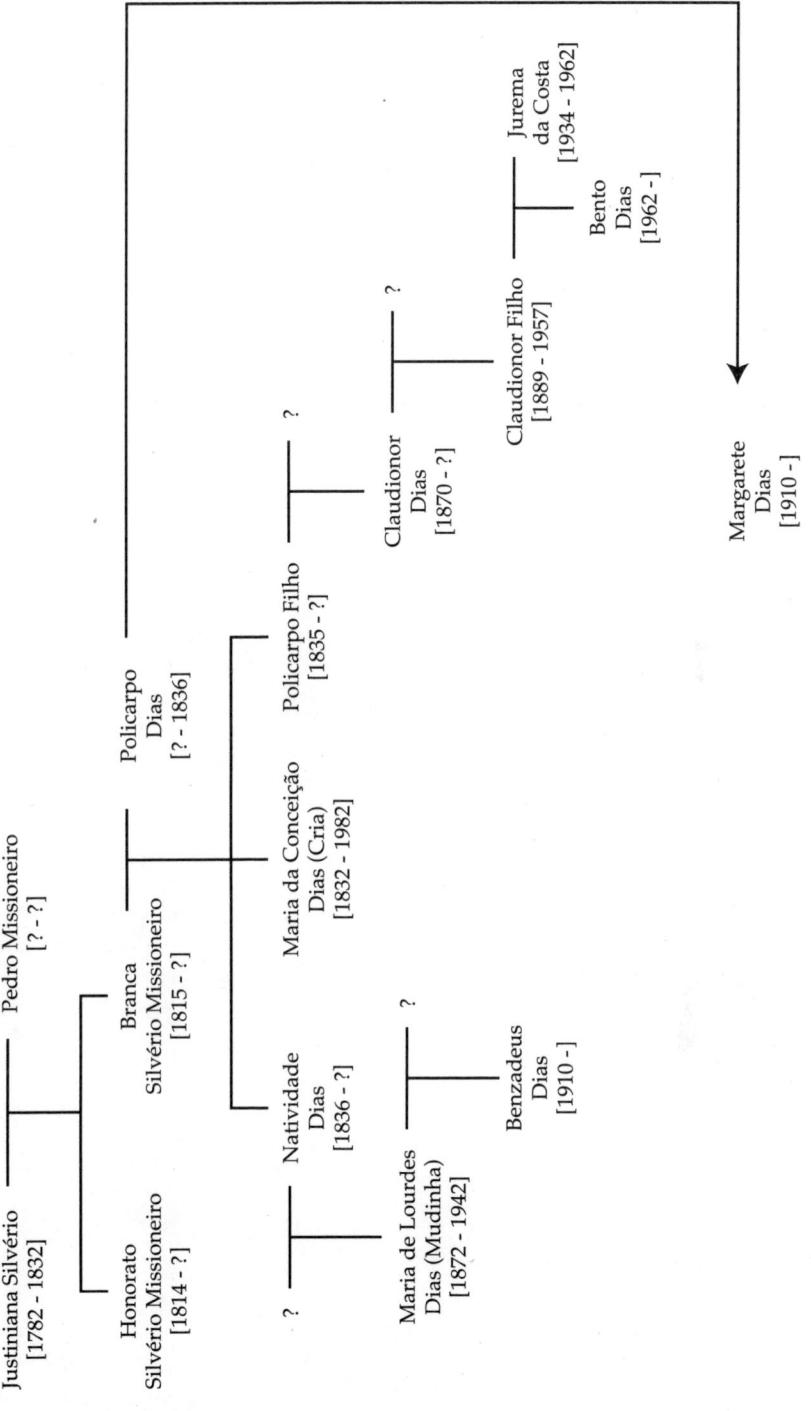

PARTE UM

I. COISAS QUE A PESSOA TEM QUE FAZER SOZINHA

Está vendo essa mulher segurando uma carta, parada no meio de um apartamento conjugado de 30 m² em Copacabana? Também estou. Ela, no entanto, não me vê. Nem você. Estou morta. Quero dizer, não exatamente morta — ainda. Por enquanto, vamos aceitar que não me pareço com um ser vivo.

Sempre fez parte do meu ofício — quando eu tinha um — evitar guardar rancor. A raiva atrapalha o nosso trabalho, que tem natureza mais divina do que mundana. Por isso, eu não deveria estar aqui. Não faz sentido ficar espiando os últimos momentos da vidinha de merda dessa mulher. Em pouquíssimo tempo, estaremos frente a frente, nós duas e uma história de 150 anos. O certo seria que eu fosse esperá-la na fazenda. Mas não resisti. Precisava olhar para a carantonha feia de Margarete, ou Margô, como prefere ser chamada. Ridícula.

Se conjugadinhos em Copacabana e mulheres chamadas Margô despertam algum tipo de pensamento lúbrico em sua mente, preciso avisar: a realidade é outra.

Observe melhor essa criatura.

Margarete é uma autêntica filha de Alta Cruz — um lugar onde parece que as crianças são batizadas com cuspe em vez de água benta. Tudo nela é feio, mirrado e triste. O corpo, magro demais, jamais chegou a desenhar curvas femininas. O rosto tampouco ajuda. Olhos pequenos, porém arregalados, e uma boca que impressiona pela ausência de lábios dão a ela um ar simiesco. Nem as mãos se salvam, cheias de dedos ossudos e unhas largas demais.

Seus 72 anos não ajudaram a melhorar o que a natureza desenhou tão mal desde o princípio. Enquanto era criança, em Alta Cruz, não se sentia diferente de ninguém. Mas, ao chegar ao Rio de Janeiro, tantos anos atrás, logo percebeu o inevitável: seu aspecto provocava repulsa logo à primeira vista.

Durante algum tempo, ainda se consolou, imaginando que sua inteligência seria suficiente para suprir a falta de encanto. Mas, ao começar a envelhecer, não conseguiu mais se enganar. Sim, sua inteligência é maior do que sua beleza. Mas isso não quer dizer nada. Até mesmo seu cérebro foi forjado em Alta Cruz, a terra onde nada de bom consegue vingar.

Neste momento, não vou me alongar sobre a pequena cidade, situada no Norte Fluminense. Por enquanto, basta que você guarde a informação: nada de bom nasce naquele lugar.

Vamos voltar ao conjugadinho, ao envelope e a Margô.

Até o momento de abrir a carta, ela estava de bom humor. Ou quase isso. Seu sono tinha sido perturbado por mais um pesadelo. Sempre a mesma cena.

No sonho, sua boca era invadida por uma água com gosto de pedra e barro. Chegava uma hora em que os pulmões não aguentavam mais ficar contraídos e sugavam em golfadas a única coisa que havia ao seu redor: água. Tentava não respirar, mas acabava tossindo — e a tosse puxava ainda mais água para dentro de seus pulmões. A sensação de afogamento era tão angustiante que se sentia tentada a pedir que a morte a libertasse.

No entanto, quando acreditava que tudo estava perdido, sentia dedos firmes entrelaçados em seu cabelo puxando sua cabeça em direção à superfície. Era uma última esperança de alívio. Mas, mesmo quase desmaiada, percebia que a criatura salvando-a era uma caveira, com intenções que não conseguia compreender. Intuía que não eram boas. Então, não sabia se lutava contra a criatura descarnada e morria de vez ou se permitia que ela a resgatasse — e enfrentava uma realidade pior do que o afogamento. Nessa hora, começava a se debater e acordava em sua cama com a boca muito aberta, engolindo golfadas de ar que quase a engasgavam.

A primeira coisa que fazia ao recuperar o controle do corpo era olhar à volta. Tudo estava em ordem. Diante de si, o armário de roupas. Se olhasse para a esquerda, veria a janela, que dava para um paredão de janelas iguais à sua. À direita, outro armário escondia uma cozinha minúscula e três panelas, um corredor e a porta de saída.

Seu pequeno apartamento era assim: podia ser visto inteiro sem que ela saísse da cama. Dali, só não conseguia ver o banheiro. Mas o resto estava em ordem, o dia clareava e ela podia respirar à vontade — o que fazia com grande prazer.

O sonho também a perturbava por outro motivo. Desde que tinha ido morar em Copacabana, sua maior diversão era acordar bem cedo, caminhar pelo calçadão ao longo da praia e depois mergulhar e nadar até que seus braços ficassem cansados.

Já fazia mais de vinte anos que aquele era seu ritual matutino. Gostava daquilo. Mas, logo depois de um sonho de afogamento, o prazer de cair na água gelada e brigar contra as ondas perdia grande parte do encanto.

Como era teimosa, persistia em seu hábito matinal. Naquele dia, não foi diferente. Mal o dia clareou, andou dois quilômetros pelo calçadão da praia e parou no quiosque de sempre, onde pediu uma água de coco.

Aproveitou para observar a manhã. Estava bonita, sem sombra alguma do clima aterrorizante do pesadelo. Havia sol, havia claridade, havia o mar lá embaixo convidando para um mergulho.

Caminhou até a beira da água. Estava bem fria, como pôde constatar ao molhar os pulsos. Mas resolveu ir adiante assim mesmo. Tirou a camiseta e a calça de moletom, ficando apenas de maiô, e deixou a roupa num montinho enquanto entrava no mar.

Furou uma onda, brigou contra a correnteza e acabou se sentindo melhor. Nada ali a afogava. Tinha perfeito domínio da superfície líquida e bravia. Deu mais umas braçadas, sentindo a água gelada brigar contra o calor dos músculos. O mar a acalmava. Acreditava em seu poder curativo. Quando voltava para a areia, era como se tivesse vencido uma partida amistosa contra um velho amigo, embora soubesse que não era bem assim. A força das águas podia matá-la. Ela não podia matar o mar.

Talvez, por isso, se sentia tão viva e segura sempre que se atirava às ondas e saía ilesa. Aquilo lhe dava um ânimo novo para enfrentar o dia. Assim, quando retomou o caminho de casa, estava novamente de bom humor. A sensação do pesadelo tinha sido lavada pelas ondas de Copacabana.

Essa disposição, no entanto, só durou até entrar no prédio. O porteiro lhe estendeu um envelope. Aquilo era uma novidade, e ela detestava novidades.

— Dona Margarete, pediram para entregar para a senhora — disse o homem, segurando o envelope de papel pardo largo e volumoso.

— Quem deixou isso aqui? — perguntou, a irritação retornando.

— Foi um homem. Mas não disse nada. Só pediu para entregar.

O porteiro não gostava dela, dava para perceber. Respondia o que lhe era perguntado, mas sem nenhuma cordialidade. A angústia do sonho retornou na forma de um enjoo leve, que fazia até mesmo a água de coco revirar no seu estômago. O envelope só tinha seu nome, endereço e um carimbo com a data da emissão: 14 de agosto de 1982 — exatamente o dia que se iniciava.

O mal-estar só fez aumentar quando seus dedos tortos abriram o envelope e esparramaram seu conteúdo sobre a mesa do apartamento. Primeiro não entendeu nada. Pareciam velhos documentos de um cartório, escritos à mão com a letra floreada dos tabeliães de antigamente. Estavam mofados e sujos de terra, como se tivessem permanecido enterrados por um longo tempo. O cheiro não ajudava. A papelada fedia a túmulo.

Depois, olhando melhor, percebeu que se tratava de uma escritura.

Junto com a pilha de papéis mofados, havia outro envelope, menor, tão velho e sujo quanto o resto. Estava lacrado com cera. Do lado de fora, uma letra meio garranchada dizia:

> Este escripto entregar-se-á de hoje a 150 anos, junctamente com a escriptura das terras da Fazenda Policarpo, antiga Fazenda Franceza, à descendente de Policarpo que estiver viva e sallutiphera. Mas ella só poderá abri-la e lê-la depous de visitar a herdade, que a partir do recebimento d'estes escriptos passa a lhe pertencer até ordem em contrário.
> Assignado por Honorato Silvério, representando Justiniana Silvério, aos 14 de novembro de 1832.

Enfim, Margarete acabara de descobrir que tinha herdado uma fazenda. Deveria estar feliz. Mas, em vez disso, só sentia uma aflição inexplicável.

A viagem foi curta. Depois de pouco mais de duas horas de estrada, Margô passava com seu fusquinha por uma porteira. Do jeito que estava assustada, a princípio achou que a cancela tinha se aberto magicamente assim que seu carro se aproximou. Devia ser efeito da chuva, que começou a cair tão logo ela ultrapassou o portão, formando uma cortina translúcida que não a deixara ver um rapaz sorridente puxar as pesadas portas de toras de madeira com a ajuda de uma corrente enferrujada.

O carro prosseguiu lentamente por uma alameda que pareceu interminável, até que, parecendo surgir do nada, um casarão abandonado estava à sua frente.

Era praticamente uma ruína. Mas dava para supor seu desenho original. Margarete estava abismada: era espetacular. Sobre um largo primeiro andar fechado, que mostrava apenas duas pequenas janelas e uma portinhola central, erguia-se uma majestosa fachada com nove portas. As três centrais davam para uma varanda, à qual se tinha acesso por meio de duas escadarias simétricas. Teriam constituído, provavelmente, a parte social da mansão. As salas de acolhimento, de estar e de jantar. De cada lado da varanda, três outras sacadas indicavam mais cômodos, que não se conseguia adivinhar para que serviam. Provavelmente eram quartos.

Margarete estacionou diante da ruína. Era impossível não tentar imaginar como aquilo teria sido imponente um século atrás. Mas, agora, as poucas portas e janelas que ainda estavam inteiras permaneciam fechadas. O resto tinha sido reduzido a buracos disformes na estrutura da fachada. O vento assobiava pelas frestas. Talvez, por isso, julgou escutar uma música vinda lá de dentro:

Vai começar a chover,
Vai começar a chover.
E o rio vai encher,
Ai, o rio vai encher.

Sem nem mesmo perceber, Margarete se viu pensando numa grande reforma. Com tantos quartos, daria um excelente hotel-fazenda. O casarão podia estar caindo aos pedaços, mas mantinha sua dignidade, embora a visão da fachada morta provocasse arrepios.

— Acha bonito? — perguntou uma voz a suas costas.

Margarete deu um pulo. Um rapaz sorridente chegava ofegante. Era evidente que tinha vindo correndo pela longa alameda em aclive.

Apresentou-se como Bento e a olhou com curiosidade. Devia estar esperando uma senhora mais tradicional, com brincos de pérola e sapatinho fechado. Em vez disso, deparava-se com uma velhota esquisita de tênis, camiseta, jeans e uma mochila nas mãos.

— Você mora aqui? — perguntou ao rapaz.

— Moro ali — disse Bento, apontando para uma casinha sem reboco, tão grudada na cerca que parecia querer fugir da fazenda.

Margarete ficou encantada.

— Nossa, deve ser bem antiga. Hoje, quase ninguém mais faz casas de pau a pique.

— Dona Cria chama isso de taipa de sopapo. — E os dois riram.

— Por que esse nome?

— Porque primeiro a gente faz a armação com bambu e ripa de madeira e depois vai tascando terra nos buracos, como se estivesse dando uns sopapos mesmo.

— E não fica muito frágil?

Bento olhou para ela, surpreso com tanta ignorância.

— Claro que não, dona. Esse casarão inteirinho foi feito de taipa de sopapo.

Não era possível.

— A senhora duvida? Vem aqui do lado que eu lhe mostro.

Margarete percebeu que Bento a conduziu até um ponto onde tinham boa visão lateral do casarão, mas manteve uma distância segura.

Daquele lado, as paredes externas estavam ainda mais danificadas do que as da fachada. E, sim, em diversos pontos onde o reboco havia caído era possível entrever seu esqueleto: a trama de madeira coberta com terra crua. Estava impressionada. Imagine só, um casarão como aquele, construído sem nenhum tijolo! No entanto, constantemente sujeito às intempéries e ao ataque de cupins, o madeiramento se assemelhava ao esqueleto frágil de um ancião, capaz de se partir a qualquer momento.

Margarete teve um arrepio diante daquela visão. Parecia que a pele do casarão fora arrancada naqueles pontos. Lembrou-lhe um velho escalpelado. Preferiu dirigir o olhar para a pequena casa onde Bento vivia. Percebeu que tinha um galinheiro, uma pequena estrebaria e um roçado.

Mudou de assunto.

— Você nasceu aqui?

Bento confirmou com a cabeça.

Só então Margarete começou a olhar ao longe. Até onde sua vista enxergava, só havia mato. E até mesmo o mato estava seco, como se não chovesse há séculos — o que era bastante estranho, já que naquele momento mesmo caía um chuvisco e o chão estava tão úmido que chegava a molhar seus tênis. O cenário desolado fazia um contraste curioso com a plantação do rapaz, que era pequena, porém verdejante.

— E seus pais, seus avós, por onde andam? — perguntou, tirando uma máquina fotográfica de dentro da mochila.

— Meus pais morreram quando eu era bebê. Nem tiveram tempo para ter outros filhos. Fui criado por uma vizinha de minha mãe.

— Ela ainda é viva?

— Sim, se é que se pode chamar de viva. Está cada dia mais fraquinha. Nem ela sabe dizer a própria idade. Tem gente que jura que ano que vem vai fazer 150 anos.

Ao ouvir aquilo, Margô voltou a sentir o mal-estar que a acompanhava desde que tinha acordado do pesadelo.

— Cento e cinquenta? — Fingiu choque.

O rapaz riu. Era bonito, com seus cabelos castanhos cacheados e a pele corada. Mudou de assunto.

— A senhora não quer ver a fazenda?

— Quero sim, claro — tentou um falso entusiasmo. Toda aquela extensão de terra morta começava a lhe dar calafrios.

Sua vontade era de dar as costas e voltar para seu conjugadinho. No entanto, lá no fundo de sua alma, uma alegria se agitava. Era a primeira vez que ela ganhava algo grande. Uma propriedade. Uma herança.

Enquanto pegava seu chapéu, Bento surgiu com dois cavalos bem cuidados. O rapaz parecia jeitoso: sua plantação frutificava e seus animais eram fortes e saudáveis. O contraste entre a pequena casa grudada na cerca e o resto da propriedade era gritante. Era como se apenas aquele pedaço de terra tivesse sido poupado do sopro de morte que parecia ter varrido a fazenda.

Montou com alguma dificuldade. Não estava acostumada a cavalgar. O animal, no entanto, era dócil. E saiu trotando ao lado de Bento, que parecia feliz em mostrar o que conhecia tão bem.

— Ali, antigamente, ficava o cafezal — dizia ele, apontando para uma montanha de mato seco, tão alto que um homem poderia se perder ao caminhar pelo espaço.

"Depois daquele monte, ficavam os terreiros", ele prosseguia, apontando para mais outras touceiras de mato seco e morto.

Depois de meia hora de caminhada, Margarete sentiu-se desanimada. A fazenda era mais uma dor de cabeça do que uma herança. Para onde quer que olhasse, só via mato alto ou destruição. Recuperar tudo aquilo estava fora de cogitação. Teria que investir uma fortuna que não possuía. Quanto mais olhava, mais se espantava com os estragos feitos por tanto tempo de abandono.

Já estava prestes a dar meia-volta e partir quando ouviu, ao longe, um barulho de água. Parecia um rio. Junto com ele, voltou a escutar a música:

Vai começar a chover,
Vai começar a chover.
E o rio vai encher,
Ai, o rio vai encher.

Tinha certeza de que a canção continuava. Mas as vozes se embaralhavam e ela não conseguia mais compreender o que diziam.

Por algum motivo que não conseguia atinar, achava que a canção tinha a ver com o sonho do afogamento. E teve um lampejo de intuição: se quisesse mesmo tomar posse de suas terras, teria que enfrentar o rio.

Disfarçou seu espanto.

— Tem um rio aqui? — perguntou.

O rapaz desviou os olhos e fez o sinal da cruz antes de responder:

— Esse rio só atrai desgraça. Melhor ficar longe.

A mulher percebeu outro esqueleto de casa distante. Aquela já tinha perdido quase todo o recheio de terra crua.

— E aquela casa?

— Ai, dona. Ali é pior ainda, se é que pode haver pior.

— Qual o problema da casa?

— Foi onde eu nasci. Dona Cria diz que me salvou daquele lugar maligno.

Margarete não costumava ter superstições. Era verdade que estava assustada com o estado de abandono da propriedade. Achava natural que se sentisse tão angustiada. A grande extensão do estrago, o casarão em ruínas, a canção que vinha no ar, todo o cenário parecia especialmente construído para provocar medo. Mas ela não era de se deixar abater.

Insistiu:

— Que tipo de malignidade?

Bento não respondeu. Parecia cada vez mais desconfortável.

— Vamos sair daqui, dona? — pediu sem levantar os olhos.

Alguma coisa se retorceu no estômago de Margarete. Não queria abandonar sua herança. Tudo aquilo podia estar arruinado. Mas era grande. E era dela.

— De jeito nenhum. Quero conhecer tudo — disse decidida.

Nem mesmo ela sabia por que tinha tomado uma atitude daquelas. Não que fosse medrosa. Estava acostumada a ser olhada com admiração por seu destemor. Era a velhota conhecida na praia por gostar de enfrentar ondas ferozes. Mesmo assim, naquele momento, sentia que estava dando um passo além do que estava acostumada.

E a reação de Bento não ajudava. Ele não parecia nem um pouco disposto a lhe fazer a vontade.

— Se a senhora quiser, pode ir sozinha. Mas eu não piso ali.
— Pelo menos você me conta o que aconteceu?
Bento fez novamente o sinal da cruz.
— Até conto, mas vamos sair daqui de perto.
Margarete suspirou, sem nenhuma paciência. Não tinha tempo. Até o anoitecer, precisava ter conhecido toda a região. Não pensava em pernoitar ali. Nem tinha onde ficar depois que a noite caísse. O casarão em ruínas estava fora de cogitação.
Explicou tudo isso ao rapaz. Mas ele se manteve irredutível.
— Está me dizendo que vai me largar sozinha, é isso?
Bento baixou os olhos e começou a enroscar os dedos na crina do cavalo, demonstrando grande nervosismo.
— A senhora me desculpe. Estou aqui para lhe mostrar tudo. Mas para os lados do rio eu não vou.
Margarete suspirou.
— Nesse caso, terei que ir sem você.
Bento teve o impulso de detê-la. Lembrou-se de uma frase que Dona Cria sempre repetia: "Há coisas que a pessoa tem que fazer sozinha." Por isso ficou em silêncio.
Viu quando Margarete deu meia-volta e começou a levar o cavalo na direção do rio. Ainda ficou um tempo parado, esperando que ela mudasse de ideia. Mas tudo parecia deserto. Só a música vinha com o vento. Aquela que ele conhecia tão bem.

Vai começar a chover,
Vai começar a chover.
E o rio vai encher,
Ai, o rio vai encher.

Mas, agora, a música estava completa. Só não escutava quem não queria.

Vai julgar os seus pecados.
Vai carregar sua alma.
Vai comer a sua carne
E lamber seus ossos,
Com toda calma.

II. NÃO OLHE PARA TRÁS

Foi o que Dona Cria disse a Bento naquele mesmo dia, quando o rapaz tinha acabado de completar 20 anos: "Não olhe para trás." A benzedeira decidiu que era hora de ele ir embora. Mas Bento não entendia o motivo. Crescera na fazenda e tinha pela velha um carinho de filho.

Sem mais nem menos, ela o chamara. Dava para perceber que havia alguma coisa errada. A velha estava sentada em seu tamborete. Olhava para baixo, sem coragem para encarar o rapaz, e riscava o chão de terra com uma varinha.

— O que a senhora está escrevendo aí no chão?
— Umas coisas minhas.

Cria, Cria, minha neta. Para que fazer isso com o rapaz? Para que esconder o que ele vai acabar descobrindo por si? Foi uma pena que o destino tenha nos separado antes que eu pudesse te ensinar algo. Herdou o meu dom, mas não a minha paciência. Eu teria dito umas verdades para você.

A primeira é que a gente erra. Todo mundo. Quem tem poder, como as rezadeiras, erra muito mais. Disso você já sabe. Aprendeu sozinha. Mas faltou alguém para lhe avisar que nossas faltas são como fungos na alma. Se ficarem abafadas, no escuro, proliferam descontroladamente.

Na sua vida, tão longa, você fez tanto bem a tanta gente. *Por que não aproveita agora, que seu tempo na Terra está chegando ao fim, para se livrar do ódio, dos embates entre luz e sombra que devoraram seus dias?* Ainda há tempo, minha neta. Pouco, mas há.

Bento sabia que não adiantava perguntar mais nada. Ficou parado diante da mãe de criação esperando alguma explicação. A benzedeira levantou-se. Ainda sem olhar no rosto do rapaz, foi riscando o chão com a varinha à volta dele, como se estivesse escrevendo.

— Minha mãe, a senhora pode me dizer o que está fazendo?

Como resposta, obteve apenas um gesto irritado da velha, que lhe pedia silêncio.

Finalmente, ela falou:

— Estou fechando seu corpo contra males que você nem pode imaginar que existem.

— E por que isso agora? — perguntou o rapaz, começando a se preocupar com o tom solene da benzedeira.

A velha suspirou, voltou a sentar em sua banqueta e acendeu seu cachimbo. Não parecia ter nenhuma pressa de dar explicações. Bento estava cansado. Trabalhara o dia inteiro na roça, limpara as garrafas de vidro onde ele e a mãe conservavam mais de duzentos tipos de serpentes, e ainda precisara ajudar uma desconhecida a visitar a grande extensão de mato morto que consistia na propriedade.

Era uma mulher da cidade. Tudo o que ele sabia é que ela se dizia herdeira da Fazenda Policarpo. Aquilo era muito estranho. A história que ele conhecia era outra. Mas Dona Cria o havia mandado mostrar a propriedade à mulher e ele passara a manhã inteira caminhando com ela por tudo quanto era lado. Só recuou quando ela quis ir para os lados do rio dos Afogados. Todo mundo sabia que o lugar era amaldiçoado.

Finalmente, a mulher resolvera ir até lá sozinha, no comecinho da tarde. Mas já ameaçava escurecer e nada dela retornar. Bento estava com medo do que pudesse ter acontecido. Essas pessoas da cidade não dão a devida atenção aos perigos ocultos. Pretendia consultar a velha, que sabia lidar com todo tipo de feitiço e malignidade. Mas, antes de abrir a boca, foi surpreendido por aquele chamado esquisito, aquele texto escrito na terra ao redor de seus pés.

E agora, o silêncio incômodo.

Por fim, a benzedeira deu mais um suspiro, como se o que tivesse para falar fosse muito difícil.

— Bento, está na hora de você ir embora — disse com a voz arrastada.

— Ir embora para onde, mãezinha?

A velha encolheu os ombros e fez um gesto amplo, como para indicar que seu destino era o mundo.

O rapaz ficou atordoado. Nunca tinha sequer pensado em sair dali. Sempre acreditou que ajudaria Dona Cria em suas atividades de benzedeira como de costume, curando mordida de cobra, fazendo parto de mulher, de égua e de vaca, rezando as crianças enfraquecidas. Achava que aquilo nunca mudaria.

— A senhora está me assustando. Não quero sair daqui.

A velha fez um muxoxo. Se lamentava perder a companhia do filho adotivo, disfarçava muito bem. Parecia até mesmo que estava doida para se livrar dele.

— Preste atenção porque só vou falar uma vez, entendeu?

Bento concordou com a cabeça. A velha mostrou a terra que se via da janela.

— Tudo isso aqui era uma fazenda, que foi abandonada depois de receber uma grande maldição.

Disso Bento sabia. Moravam na imensidão deserta desde que ele se entendia por gente. A solidão só se interrompia quando chegava gente das vizinhanças, buscando os serviços da benzedeira.

Dona Cria calou-se e voltou a ficar com os olhos distantes. Parecia se esforçar para lembrar alguma coisa. Acendeu o cachimbo, que tinha se apagado, deixou que uma nuvem de fumaça envolvesse seu rosto e prosseguiu:

— Só restaram dois roçados: o nosso e o da sua mãe, que morreu e deixou você para eu criar.

— Mas por que só esses pedaços de terra ficaram livres da maldição? — perguntou Bento, sem se intimidar com o clima pesado.

— Só o meu ficou — respondeu a velha. — Minha avó conseguiu limpar a área onde vivo porque conhecia os segredos da natureza. Mas sua mãe era ignorante. Jurema chegou aqui muito ingênua, trazida pelo marido.

— Meu pai morava aqui também? — Isso era novidade para o rapaz.

Bento lançou a pergunta sem muitas esperanças de obter resposta. Já tinha tentado em outras ocasiões. Desta vez, parecia que seria como todas as outras.

A velha fechou a cara. Era afeiçoada ao rapaz e não queria assustá-lo com histórias assombradas. Como explicar que ele era filho de alguma coisa sobrenatural, que numa hora tomava a forma de uma cobra e outra de um morto-vivo? Como explicar que ela havia passado os sete primeiros anos da vida do menino rezando e benzendo cada um de seus passos para que ele crescesse livre de qualquer herança maldita? Mas talvez estivessem se falando pela última vez e, no fim das contas, seria injusto que o rapaz não soubesse nada sobre seu passado. Mesmo assim, limitou-se aos aspectos mais simples da história:

— Policarpo, o último dono da fazenda, era casado com Branca, a legítima dona dessas terras. Mas teve dois filhos bastardos com uma moça de Alta Cruz. Um deles era pai de Claudionor, seu pai biológico.

— Então eu sou herdeiro da fazenda também! — exclamou Bento.

O sinal que a velha lhe fez para calar a boca foi tão rápido que parecia que ela havia riscado um chicote no ar.

— Nunca repita uma coisa dessas — cuspiu ela, olhando para todos os lados como se algo terrível estivesse prestes a sair de dentro das paredes.

Se não estivesse preso no círculo de palavras que ela escrevera no chão, Bento teria ido até o fogão e preparado um chá para os dois. Sentia-se esquisito ali, de pé, sem poder ir a lugar nenhum. Ainda assim, tentou ser o mais natural possível e perguntou pela mãe.

— Por que a senhora diz que minha mãe era ignorante?

A pergunta foi feita em tom duro. Não tinha gostado de escutar aquilo. Parecia haver desprezo na voz da mãe postiça. A velha percebeu e abanou o ar, como quem espanta um mosquito.

— Não se ofenda, meu filho. Como eu disse, sua mãe era muito nova quando chegou. Logo foi atingida pela malignidade que assola tudo isso aqui. Ficou doida. Tinha visões.

Bento tinha muitas perguntas a fazer. Faltavam pedaços naquela história. Dona Cria havia lhe dito que a mãe trabalhava na fazenda. Mas como poderia, se tudo aquilo estava seco e deserto havia tanto tempo? Como se adivinhasse a pergunta do rapaz, a velha riu seu sorriso desdentado.

— Desculpe falar assim dela, mas Jurema era uma tonta que não sabia distinguir um vivente de uma assombração. Todo dia ela vinha trabalhar no cafezal. — E a velha apontou seu dedo ossudo para o imenso território coberto de mato ressequido. — Você está vendo algum cafezal ali? Não existe agora e também já não existia quando sua pobre mãe chegou aqui. Ela passava o dia inteiro vagueando entre as touceiras de capim seco. Ao anoitecer, encontrava seu pagamento ao lado da trouxa onde carregava a marmita. Nunca desconfiou da origem do dinheiro.

— E de onde ele vinha? — perguntou Bento.

— Da casa, de onde mais viria? — disse Dona Cria olhando pela janela para o casarão em ruínas que se via ao longe. — Você não faz ideia de quanto dinheiro existe ali dentro.

Agora, Bento estava realmente confuso.

— Dinheiro de verdade?

Dona Cria confirmou com um aceno de cabeça.

— Uma fortuna. Mas muito bem guardado por sete gerações de almas danadas.

A menção à casa abandonada o fez lembrar-se da mulher, que àquela hora devia estar presa na construção assombrada na beira do rio.

— Mãezinha, precisamos ir até lá ajudá-la.

Dona Cria abanou a cabeça.

— Nada disso, meu filho. Até este momento, tudo que tem aqui pertence a ela. Tudo de bom e tudo de mau.

Bento ficou alarmado.

— Mas pode acontecer alguma coisa ruim a ela.

Dona Cria riu. Bento não gostava quando ela ria daquele jeito, mostrando as gengivas e os poucos dentes que lhe restavam.

— Não terá sido a primeira — disse a velha, misteriosamente.

— De qualquer forma — prosseguiu —, é hora de você ir embora. A dona da maldição que castiga essas terras já chegou. Não vamos mais permanecer aqui.

— Mas e a senhora? — espantou-se o rapaz.

A velha não respondeu. Só repetiu:

— Está na hora de você ir embora.

Deu algumas instruções rápidas. Mandou que Bento escolhesse uma garrafa, entre as mais de duzentas que guardavam sua coleção de serpentes. O rapaz escolheu uma cobrinha miúda, mas extremamente venenosa, que ficava na menor das garrafas, mergulhada num álcool que, muitos anos antes, teria sido branco. Agora, um líquido avermelhado mal deixava ver a serpente enrodilhada no fundo do vidro.

Botou a garrafa dentro da sacola com suas roupas e olhou para a benzedeira, indagando o que fazer dali por diante.

— Leve isso com você — disse a velha, enfiando nas mãos do rapaz um bolo de notas amassadas, resultado de anos de pagamento por seus serviços. Era muito dinheiro, Bento sabia.

— E a senhora? — voltou a perguntar, mas já ciente de que não obteria nenhuma resposta precisa.

Dona Cria sorriu. Quando voltou a falar, sua voz estava despreocupada, quase brincalhona:

— Eu também vou embora em breve. Mas antes preciso fazer umas coisinhas.

Não adiantava pedir mais explicações. Dona Cria já empurrava Bento na direção da porta.

Antes de sair caminhando pela noite que começava a cair, Bento se virou e pediu a bênção à mãe.

Ouviu como resposta:

— Não olhe para trás.

III. JUREMA – OU A TERRA DAS SERPENTES

Apesar de Jurema ter chegado à fazenda muito tempo depois da minha morte, ainda me lembro dela. Era uma menina bonita, bonita. Devia ter uns vinte anos, mas aparentava menos. Senti pena ao vê-la entrar na fazenda, tão assustada, quase arrastada por Claudionor. Mas o que mais me marcou foi o dia de sua morte.

Ainda consigo vê-la, naquela manhã, olhando desolada para os pequenos túmulos que tinha erguido no quintal de sua casa.

Não passavam de quatro montinhos de terra. Em cima de cada qual, tinha uma cruz de madeira pintada de branco e os nomes: Claudionor Filho, Nélson, Orlando e Agnaldo – que morrera menos de um ano atrás.

A rigor, não eram túmulos e ela nem deveria ter botado as cruzes ali, uma vez que os meninos tinham morrido sem batismo. Mas e daí? Por ali não passava ninguém mesmo. Só tinha que dar satisfações a Deus.

A cidade mais próxima era Alta Cruz. Não passava de um povoado que tinha crescido nos limites da Fazenda Policarpo nos tempos em que o café valia ouro. Mas, por mais acanhada que fosse a cidade, ainda era movimentada se comparada à roça onde

Jurema vivia, na parte mais ao norte da fazenda. Ali sim, a solidão dava medo. Só o que a acompanhava era um céu sempre cinzento que cobria tudo: a terra, o mato, sua casa e o cafezal distante. Abanou a cabeça, como se sacudisse os pensamentos e deu as costas para os túmulos. Foi andando para casa, sem se preocupar em desviar das poças d'água que a chuva tinha deixado, quando ouviu a voz do marido chamando:
— Jurema, onde está você?
A mesma voz bêbada de sempre.
Mas agora não precisava mais responder.
Claudionor estava morto.

Claudionor era um homem de mais de 50 anos e ela só se casara porque tinha sido obrigada pelo pai. Jamais escolheria para esposo um sujeito que bebia tanto que não lhe sobravam forças para prover o sustento da casa.
Com um ano de matrimônio, Jurema era só suspiros. Em todo o tempo em que morava na fazenda, a única vivalma que tinha visto, além do marido, era a velha benzedeira Dona Cria. Mesmo assim, foi só uma vez. A velha acenou para ela e Jurema respondeu ao cumprimento. Só isso.
Era muita solidão. Logo, quando Claudionor veio com a novidade de que ela teria que trabalhar para sustentar a casa, não se aborreceu. Pelo contrário. Só perguntou:
— E onde eu haveria de trabalhar?
Claudionor apontou para o cafezal com o queixo. Ela não tinha ideia do que poderia fazer lá. Um lugar que era só mato seco. Mas a ideia de ver gente a animou e Jurema sorriu de volta.

Como se adivinhasse seus pensamentos, o marido a alertou. Não poderia falar com ninguém. Ninguém mesmo.

— Não tem importância — disse para si própria. Naquele tempo, e na situação dela, outra mulher poderia ter ficado decepcionada. Mas se sentia feliz. Mesmo sem poder conversar com ninguém, sair de casa já seria um alívio.

Por isso, dias mais tarde, ao ouvir Claudionor dizer pela quinta vez que não deveria falar com ninguém, limitou-se a dar de ombros. Estava coando café e sentia-se animada com a perspectiva de poder caminhar pelo mato. Mas o marido a segurou pelo braço.

— Escutou o que eu disse?

— Escutei, claro. — A voz lhe saiu mais assustada do que a ocasião pedia. Tentou se desvencilhar para terminar de passar o café, mas a mão não a soltava.

"Sossegue, criatura", pediu. "Assim — Assim vou acabar me queimando."

Claudionor gargalhou de um jeito desagradável.

— Se queimar não é o que de pior pode lhe acontecer.

Jurema impacientou-se.

— O que você acha? Que vou sair por aí dando confiança a qualquer um?

Claudionor pareceu surpreso. E, de repente, começou a rir.

— Você acha que estou com ciúmes? — Agora, olhava com desprezo o corpo magro da mulher. — De você? — bufou. Soltou seu braço com um empurrão. — Quem ia querer uma mulher que nem consegue dar um filho a seu marido?

Aquilo a humilhava. Não era culpa dela não engravidar. Mas não revidou. Deixou que o marido repetisse:

— Não é para falar com ninguém. Nem dar bom dia, nem boa tarde.

Jurema balançou a cabeça em sinal de acordo. E ele completou:

— É para seu próprio bem.

Assim que começou a trabalhar, percebeu que a advertência do marido era desnecessária. Embora houvesse mais trabalhadores no cafezal, ela nunca cruzava com eles. Estavam sempre ou às suas costas, ou mais adiante, ou em outro pé de café. Não conseguia nem mesmo ver seus rostos. Pareciam mais vultos do que gente.

Teria ficado preocupada, mas lhe parecia natural não conseguir ver nenhuma fisionomia. A fazenda estava sempre debaixo de uma chuva fina que molhava sua roupa e fazia grandes poças d'água no chão. Todos cobriam a cabeça com chapéus e panos e mantinham o rosto virado para baixo.

Jurema ficou surpresa que um solo encharcado como aquele pudesse dar café. Mais tarde, já em casa, perguntou a Claudionor como conseguiam secar o café com aquela chuva que nunca passava.

— Não vi nenhum terreiro por perto — ela observou.

O homem deu um pulo.

— Eu lhe avisei para não ficar fuçando por aí.

— Não fucei nada — respondeu a mulher. — Só estou perguntando a você.

— Isso não é problema nosso — respondeu o marido, de cara amarrada. Tirou seu chapéu do prego que ficava ao lado da porta e saiu com a última claridade do dia, encerrando a conversa.

É verdade que, à sua maneira desajeitada, Claudionor tentou avisar Jurema dos perigos da fazenda. Mas, de tão preocupado que estava com os vultos dos plantadores de café, não a alertou para um problema mais corriqueiro: a inacreditável quantidade de cobras que infestava o lugar. Isso, Jurema descobriu sozinha, sendo surpreendida não só em seu caminho para o trabalho como até mesmo dentro de casa.

Desde criança, se acostumara a ver a mãe e a avó se defendendo contra serpentes. Sempre que topavam com uma em seu caminho, as mulheres viravam o cós da saia e diziam: "Está presa por ordem de São Bento." Jurema crescera ouvindo dizer que o santo protegia seus fiéis das cobras. Mas logo descobriu que a simpatia funcionava com sua avó e com sua mãe. Com ela própria, nem sempre. Na maioria das vezes, não.

Por isso, sempre que saía de casa, carregava uma pedra grande dentro da trouxa — em que, nos dias de trabalho, também levava sua marmita. E nunca dispensava uma vara comprida com a ponta em forquilha, no formato de um Y. Servia para prender a cabeça da cobra e mantê-la longe de suas pernas enquanto pegava a pedra para esmigalhar seus miolos.

Não deixava de rezar para São Bento, mas achava que não fazia mal nenhum dar uma ajuda ao santo.

A pedra e a vara funcionavam bem. Depois de poucos meses, Jurema tinha perdido a conta do número de cobras que matara no caminho do trabalho. Já estava quase se acostumando àquilo, assim como algumas pessoas se acostumam com abelhas e marimbondos.

No verão, a infestação ficava pior. Parecia que o ar abafado deixava as serpentes mais irritadas. Na fazenda, o sol nunca aparecia, bloqueado pelas nuvens que envolviam a terra o ano inteiro. No entanto, a estação mais quente do ano deixava tudo mais sufocante. A chuva fina ficava morna. O vento desaparecia — era substituído por uma massa úmida tão grudenta que parecia feita de óleo. Até respirar tornava-se mais difícil.

E foi justamente num dia de verão que Jurema, retornando do cafezal ao fim da tarde, escutou o som inconfundível de uma cobra se aproximando.

Só pelo barulho que o bicho fazia ao rastejar já dava para adivinhar que não se tratava de uma cobra comum.

Com o coração disparado, ela parou, tirou a vara em forquilha do ombro e a apontou para o chão, esperando para ver o que acontecia. Não precisou esperar muito. Uma serpente imensa atravessou seu caminho.

Era negra e lustrosa como se não tivesse escamas. E tão grossa que Jurema temeu que a forquilha não fosse larga o suficiente para segurar sua cabeça. Porém, não tinha tempo para pensar. Esticou o braço, empunhou a vara, encaixou a cabeça a uma distância segura e torceu-a para manter a boca do bicho virada para o outro lado.

A forquilha era mesmo pequena para o tamanho da cobra, que se contorcia com uma força tremenda. Jurema teve que botar todo o seu peso em cima da vara para mantê-la presa. Mesmo assim, a desgraçada quase conseguiu se soltar. Com um movimento mais brusco, liberou uns bons trinta centímetros do corpo. Então se virou para trás e olhou diretamente para Jurema — sem poder alcançá-la.

Não existe animal que concentre tanto ódio nas pupilas. Jurema já tinha reparado porque o olhar de cobra persistia mesmo depois da morte. Às vezes, guardava as menores dentro de garrafas com álcool. E elas ficavam ali, já mortas, mas ainda olhando com toda a malignidade que conseguiam. Quando o bicho era maior, guardava a ponta do rabo, ou só a cabeça, ou até mesmo só os dentes.

Mas não era hora de se distrair lembrando-se da coleção. A enorme serpente diante de si ainda estava bem viva. Sua boca raivosa estava tão escancarada que poderia engolir um cachorro.

Os braços de Jurema faziam tanta força para manter a serpente aprisionada que tremiam. E parecia que o bicho percebia. Usava sua cauda para se enroscar nas pernas da mulher e tentar desequilibrá-la. Dentro da boca imensa, dois dentes afiados pingavam veneno — deixando muito claro o que aconteceria caso os braços de Jurema fraquejassem.

E foi justamente ali, naqueles dentes afiados que pingavam uma peçonha mortal, que o olhar de Jurema se deteve. Precisava acabar logo com aquilo, antes que suas forças se esgotassem.

Jogou todo o seu peso sobre a vara, tentando manter as presas venenosas longe de seu corpo, e mergulhou uma das mãos dentro da trouxa para pegar sua pedra. Ao puxar a mão, o que veio foi a marmita. A pedra parecia se esconder por entre as dobras do pano e Jurema não tinha como manter a cobra presa com um só braço por mais de poucos segundos.

Como não havia tempo a perder, foi a marmita mesmo. Não faria sentido bater na cabeça do bicho com aquela latinha vagabunda, mas seria alguma coisa para distraí-la enquanto procurava a pedra.

Estendeu o braço livre, segurando o recipiente de metal. Seguindo seu reflexo, a serpente fechou as mandíbulas na marmita vazia com toda a força que a raiva lhe dava. O resultado foi um jorro do mais puro veneno. Ainda apavorada, Jurema voltou a meter a mão livre na trouxa e, finalmente, pegou a pedra.

Só parou de bater quando a cabeça da serpente tinha se reduzido a uma pasta sanguinolenta. O corpo do bicho estremeceu violentamente antes de se largar sobre a terra.

Exausta de cansaço e de pavor, Jurema desabou a alguns passos dali. Era bom deitar-se na terra. Mas não se sentia segura para permanecer descansando. Mesmo com a cabeça esmagada, o bicho ainda estremecia de tempos em tempos. Além disso, já estava escurecendo. Por isso, forçou-se a se levantar, usando a vara em forquilha para apoiar seu corpo.

Já estava quase de pé quando a cobra teve outro estremecimento, seguido de um som metálico.

A marmita.

Estava ali.

Juntinho do corpo do bicho.

Dentro dela, uma pequena poça de veneno.

Foi nesse momento que Jurema teve a ideia maluca. Ela não saberia dizer se a peçonha podia matar uma pessoa se fosse bebida. Nunca tinha visto uma cobra daquelas. Mesmo assim, levou a marmita para casa e entornou seu conteúdo na garrafa de cachaça de Claudionor.

Não esperava que o marido morresse. Só queria que ele passasse mal. Muito mal. Mal o suficiente para nunca mais se embriagar. Ainda pensando nisso, arrumou o prato com a janta do marido e foi se deitar.

Quando Claudionor chegou em casa, encontrou a mulher adormecida. Embora já tivesse bebido muito, a garrafa sobre a mesa parecia convidá-lo. Resolveu tomar só mais um gole antes de se deitar. Pegou o pequeno copo de vidro sobre a pia e o encheu até a metade. Entornou tudo de uma vez só. Estava boa. Encheu então o copo e bebeu em um só gole. E depois mais um. E em seguida outro ainda.

Em vez de deixá-lo tonto, a bebida o despertava cada vez mais. Ia deslizando suavemente por sua goela, aquecendo seu sangue.

O problema era que quanto mais bebia, mais sentia a garganta esquentar. No princípio, a sensação era deliciosa. Depois o calor foi aumentando. No quinto copo, já sentia a boca em chamas e decidiu parar. Foi quando percebeu que não conseguia. Suas mãos serviram outro copo e o levaram à boca, que bebeu com sofreguidão. A garganta já queimava como se fosse o próprio inferno. Mas suas mãos não lhe obedeciam. Continuavam a encher o copo e a levá-lo à boca. Agoniado, olhou para a garrafa. Estava cheia como se tivesse sido aberta naquele exato instante.

Subitamente, quis parar de beber. Desejou aquilo como nunca tinha desejado outra coisa na vida. Mas nem assim. A cachaça parecia enfeitiçada e só fazia descer por sua garganta, agora enchendo sua boca de bolhas.

De um rompante, conseguiu afastar bruscamente a garrafa, que tombou sobre a mesa derramando seu conteúdo. Correu para a beira do rio. Não lhe bastaria beber água. Precisava mergulhar o corpo todo, deixar o pescoço imerso na água gelada.

Jurema acordou no meio da noite tão subitamente que já estava desperta antes que seus olhos se abrissem. Uma sucessão de lembranças veio à sua mente: a luta contra a cobra, o veneno na marmita, a chegada em casa, a garrafa de Claudionor. Suas lembranças paravam aí: na garrafa de Claudionor.

— Virgem Santíssima, o que foi que eu fiz? — perguntou, sentando na cama e apalpando o lugar do marido.

Estava vazio.

Levantou-se trêmula e ainda dolorida da luta da tarde. Saiu pela casa chamando:

— Claudionor, você está aí?

A escuridão estava tão densa que parecia uma cortina. Foi tateando até a cozinha, onde acendeu o lampião. O prato de comida ainda estava sobre o fogão, coberto com outro prato e embrulhado num pano. O único sinal da passagem do marido pela casa era a garrafa caída sobre a mesa.

Chamou de novo, mas o silêncio era tão profundo que parecia apertar seus ouvidos.

Nada. Estava tão completamente sozinha, cercada pela escuridão e pelo silêncio, que um pensamento estranho lhe atravessou a mente:

— Parece que estou presa num túmulo.

Rapidamente, fez o sinal da cruz para espantar a ideia macabra. Pegou o lampião e saiu na noite.

Desde que se casara com Claudionor e viera morar na fazenda, nunca tinha saído de casa depois do escurecer. Sentia tanto medo daquele lugar deserto que nem mesmo abria a janela.

Ao atravessar a porta, soube que seu instinto estava certo ao mantê-la protegida durante a noite. O que estava vendo — ou melhor, o que não estava vendo — era apavorante.

Não dava para enxergar nada. A luz do lampião desenhava um círculo de pouco mais de um metro ao seu redor. Se houvesse alguém por perto, ela só perceberia quando a pessoa já estivesse quase grudada nela.

Mesmo assim saiu andando e chamando, andando e chamando. Gritava o nome do marido para o silêncio da noite. Como resposta, só obtinha mais silêncio e escuridão. Rodeou a casa, foi até o pequeno roçado — do qual ela cuidava sozinha. Nada. Tinha medo de ir até o rio. Para chegar lá, teria que descer um barranco escorregadio. E à noite, não era deserto. Pelo contrário. Por mais de uma vez, quando passava por ali voltando do trabalho, tivera a impressão de ouvir alguém cantando uma canção muito triste. Não dava para entender a letra, mas escutava as vozes ao longe. Só podiam ser almas penadas.

Além disso, vários animais noturnos iam até lá matar a sede. E o fogo do lampião atraía cobras. Não queria encontrar outra cobra — muito menos agora, que estava sem sua pedra e sua forquilha. Mas não tinha jeito. Precisava encontrar o marido. A garrafa caída sobre a mesa não era bom sinal. E se tivesse acontecido alguma coisa a Claudionor, a culpa era dela e de suas ideias malucas.

Tentou controlar o medo e foi descendo o barranco devagarzinho, prestando bastante atenção em onde botava o pé. Tinha a impressão de que, quanto mais se aproximava das margens, pior ficava a escuridão — se é que aquilo podia piorar. Mesmo com o lampião ainda aceso, só soube que tinha chegado à beira d'água por causa do barulho. E também porque o terreno tinha se tornado plano e úmido.

Foi andando pela margem e chamando o marido.

De repente, achou que tinha ouvido uma resposta. Chamou novamente. Agora, lhe parecia que uma voz de homem gritava "Jurema" ao longe. Mas a voz vinha do meio do rio, de um ponto tão embrulhado no negrume da noite que era impossível saber sua origem.

Pela primeira vez, se deu conta da loucura que estava fazendo ali, à beira de um rio que ela acreditava ser mal-assombrado, numa escuridão medonha, sem sua pedra nem seu pau em forquilha. O medo lhe chegou em ondas tão violentas que seu corpo começou a tremer como o da cobra morta.

Seus pensamentos foram interrompidos pelos gritos que vinham do meio do rio. Agora, a voz masculina estava bem nítida. E, sim, chamava seu nome. Não havia dúvidas. Era preciso entrar na água e buscar Claudionor que, pelo visto, estava em apuros.

No entanto, assim que botou o pé na água, a voz de Claudionor desapareceu. Até o barulho das águas silenciou. A única coisa que ouvia era uma cantiga ao longe:

Vai começar a chover,
Vai começar a chover.
E o rio vai encher,
Ai, o rio vai encher.
Vai levar a sua alma.
Vai...

Não conseguia compreender o restante. Nem queria compreender. As vozes eram desagradáveis, desafinadas, faziam seu coração disparar. Assustou-se tanto que voltou para a margem.

Assim que tirou o pé da água, as vozes cessaram.

No entanto, Claudionor voltara a pedir socorro lá do meio do rio. Precisava acudi-lo.

Respirando fundo para tentar controlar as batidas descompassadas do coração, Jurema entrou no rio com passo decidido. Tentou ignorar o canto das almas, que ficava mais alto e nítido à medida que ela botava um pé na frente do outro.

A água estava gelada demais para uma noite de verão — e também o ar. Não podia ignorar que quanto mais avançava, mais frio tudo ficava. Aquilo não era natural. Menos natural ainda, porque agora a cantiga estava insuportavelmente alta. As vozes prometiam arrastar sua alma. E do jeito como a correnteza puxava, Jurema começou a temer que pudessem mesmo fazer coisa parecida. A pressão da água aumentava de maneira assustadora. Estava fazendo uma loucura. Ia acabar se afogando. A busca era inútil.

Precisava voltar para casa imediatamente e só retornar quando o dia clareasse. Decidida, virou-se na direção da margem do rio e começou a andar. Mas quem disse que conseguia?

A correnteza parecia viva. A cada passo que dava na direção da margem, mais a água se enroscava em suas pernas e tentava derrubá-la. Jurema fazia força. Seu corpo, machucado na luta do fim da tarde, doía. E a água encantada a segurava, impedindo seus passos.

Na realidade, a água parecia cada vez mais concreta.

Jurema compreendeu o que acontecia mesmo antes de baixar os olhos.

Tentando controlar o pavor, respirou fundo e iluminou as próprias pernas com a luz fraca do lampião. Dois braços, moles e gelados, estavam agarrados a elas.

Ali estava o corpo de Claudionor.

Morto.

E, ainda assim, pronto para carregá-la consigo para os fundos dos infernos.

Jurema tinha muita força. Não só força física, mas também aquele tipo de energia inexplicável que faz com que a gente prossiga quando tudo parece perdido. Além disso, ela acreditava que um fato, por pior que fosse, nunca é pior do que o medo que temos dele.

Então era isso. Claudionor estava morto e agarrado às suas pernas. Mas ela, Jurema, estava viva. E tinha que fazer alguma coisa. Por isso, dominou o pânico, segurou com firmeza um dos braços moles do marido e foi arrastando seu corpo até a margem.

Quando finalmente conseguiu botar o cadáver em segurança ao pé de uma árvore, o bom senso lhe disse que era hora de parar. De sumir dali até que o dia clareasse. Não conseguiria carregar o defunto para lugar nenhum. Nem até a casa — onde teria um velório sem padre, sem missa e sem amigos. Já havia resgatado o corpo das águas. Não tinha mais o que fazer ali, a não ser esperar que amanhecesse para ir buscar uma pá e cavar a sepultura.

No entanto, mesmo sem amar o marido, não queria deixar o corpo desprotegido, à mercê de animais noturnos e sabia-se mais o quê. Não lhe parecia correto. Por isso, encostou-se no tronco da árvore para esperar pelo amanhecer, fazendo assim o velório possível para Claudionor. Um velório sem vela, só com lampião.

Fosse devido ao cansaço do corpo, fosse devido à exaustão psíquica causada pela noite macabra, adormeceu quase que imediatamente. Só acordou muitas horas mais tarde, quando a claridade conseguiu penetrar o espesso telhado de copas de árvores que margeavam o rio. Espreguiçou-se, mais dolorida do que na véspera. Agora, parecia que cada osso, cada articulação de seu corpo, tinha sido apunhalado por dentes de cobra.

Antes mesmo de levantar-se, recordou a noite terrível e pensou: preciso enterrar Claudionor. Mas, ao abrir os olhos, percebeu que estava só. Não havia nem sombra de defunto por ali. Ainda caminhou pela margem do rio para cima e para baixo mais de dez vezes, sem nenhum resultado. Claudionor tinha desaparecido na noite escura — sem velório e sem enterro.

Detestava essas recordações. Mas, sempre que vinha ao quintal, as pequenas sepulturas a faziam relembrar aquela história.

Já se preparava para entrar em casa quando sentiu a presença das cobras. Negras, finas, reluzentes, com cerca de três palmos cada uma.

Aquilo a intrigava. Sempre que parava para olhar os túmulos, elas apareciam. Não eram cobras de verdade e sim pequenas assombrações. Só percebia sua presença pelo canto do olho. Bastava que olhasse diretamente para as serpentes que elas sumiam.

Na lua nova seguinte ao desaparecimento do marido, Jurema descobriu que estava grávida. O menino nasceu sem ajuda de parteira, à beira do mesmo rio que tinha carregado o corpo de Claudionor. Jurema lavou o filho na água barrenta, ficou com medo do Juízo Final e resolveu dar a ele o mesmo nome do pai. Quem sabe, amando o marido através da coisinha minúscula que chorava em seu colo, Deus a perdoaria.

E, justiça lhe seja feita, Jurema fez de tudo para ser boa mãe. O corpo ajudou e ela teve muito leite. O problema é que tinha também muito trabalho. A roça e o cafezal consumiam todo o seu tempo. Saía de casa com o dia ainda escuro e só retornava ao anoitecer.

Deixava Claudionor Filho no berço. Ao voltar, tão cansada que mal se mantinha em pé, deitava-se na cama, botava o menino no seio e deixava que ele mamasse a noite inteira.

O sono chegava logo. Uma leseira boa, uma tontura que a fazia suspirar. Claudionor agarrava o bico com força, quase doía, parecia até que tinha dentes, mas ela não ligava. Era uma sensação gostosa, a única sensação boa do dia. Fechava os olhos e só acordava de madrugada, com as duas tetas secas.

Mas Claudionor Filho não vingou. Mesmo com todo o leite que bebia a cada noite, definhava de um jeito que dava pena. Com um mês de idade, já era só pele e osso. Pouco depois, morreu.

Foi a primeira cruz posta no quintal.

Sete dias depois do enterro, Jurema chegava em casa, depois do trabalho, quando deu com um homem sentado à sua porta. Era grande e forte. Mal se via seu rosto, coberto por um chapéu, nem seu corpo, embrulhado numa capa tão velha e gasta que não se saberia dizer qual a sua cor. Sem nem lhe dizer boa noite, o estranho apontou para o túmulo com o queixo.

— Faz tempo que seu menino morreu?

— Sete dias — ela respondeu de má vontade. Não gostava de conversas.

O homem se levantou e ficou diante dela. Nem assim conseguia ver o rosto dele, escondido pelas primeiras sombras da noite.

— Se eu estivesse aqui, isso não teria acontecido.

Antes que Jurema o enxotasse, indignada com seu desplante, o sujeito lhe deu as costas e partiu.

Sete meses mais tarde, despontava a primeira lua cheia do ano. Imensa, entrava pela janela do único cômodo da casa, ofuscava os olhos de Jurema e perturbava seu sono. Não costumava deixar a janela aberta. Tinha medo da mata que cercava a casa, tão deserta de gente e cheia de premonições e ruídos misteriosos. Mas fazia um calor terrível. O ar parado, morno, entrava com dificuldade pelo nariz. Jurema abria a boca para respirar melhor. Virava na cama o corpo coberto de suor, a blusa velha grudava em suas costas, um fogaréu parecia consumir sua barriga. Por isso, vencera o medo e abrira portas e janelas.

De repente, enquanto procurava uma posição melhor na cama, viu o vulto de uma imensa cobra atravessar o cômodo. Negra, reluzente, a bicha ondulou pelo chão, farejou o ar, andou pela casa inteira e saiu pela porta sem que a mulher esboçasse reação.

Em vez de despertá-la, a visão lhe deu um sono irresistível. Suas costas amoleceram, as pernas se entregaram à cama e os olhos pesaram. Quando deu por si, amanhecia. Levantou-se, achando que tudo não passara de um pesadelo, e foi para o trabalho. No meio do caminho, tomada por um enjoo terrível, teve a confirmação do que havia alguns dias suspeitava: estava grávida de novo.

Nelson nasceu no começo da primavera. Jurema foi para a beira do rio em meio a uma tempestade, atípica naquela época do ano, e o bebê foi lavado na água da chuva. Era um meninão grande e saudável, cuja boquinha emitia um choro capaz de ser ouvido a muitos quilômetros. Já nasceu esperto e ágil. Esse aqui vai crescer bem, pensou Jurema enquanto o embrulhava em panos limpos e levava para casa.

Botou o menino em sua cama e lhe deu logo o seio. Já estava bem cheio de leite e Nelson mamou até que nada restasse. Feliz e confiante, levantou-se no dia seguinte e foi trabalhar.

À noite, repetiu o que fizera com o primeiro filho. Deitou-se, botou o menino novo em seu seio e deixou-o mamar. Novamente, foi derrubada pelo cansaço e pela moleza. Um sono profundo tomou conta de seu corpo. Tão profundo e pesado que Jurema não despertou com um sibilar discreto. Não viu quando a imensa cobra negra entrou no quarto, afastou o menino de seu seio, deu a ele a ponta de seu rabo para mamar e abocanhou, ela própria, o seio cheio de leite.

Tampouco viu quando o homem encapuzado entrou no aposento. Aflito, tentava sem sucesso atrair a atenção da serpente. Não viu o quanto o homem sofria porque a cobra se enroscava de tal maneira entre mãe e filho que seria impossível feri-la sem atingir um dos dois. Não viu o desespero do homem quando amanheceu e a cobra partiu saciada do leite de Jurema, enquanto o pequeno Nelson chorava de fome.

Toda noite a cena se repetia. Jurema se deitava, dava o seio ao filho e adormecia. A serpente chegava, dava a ponta de sua cauda ao menino para que ficasse quieto e bebia o leite até que nada restasse. Às vezes, o homem vinha. Mas nada podia fazer diante da mulher profundamente adormecida e com a cobra tão enroscada em seu corpo. Partia ao amanhecer, cada vez mais desesperado.

Um mês mais tarde, Nelson morreu e Jurema o enterrou no quintal. Foi o segundo montinho encimado por uma cruz.

Sete dias mais tarde, ao chegar do trabalho, novamente encontrou o estranho parado à sua porta. E ele repetiu:

— Se eu estivesse aqui, isso não teria acontecido.

Jurema enxotou-o e bateu a porta. Trancou as janelas. E dormiu seu cansaço de sempre.

E assim também aconteceu com o nascimento de Orlando e Agnaldo. Jurema engravidava sem saber como. Dava o melhor de si, mas os meninos morriam antes de completar dois meses.

Agora, estava grávida novamente. Não queria perder mais um filho. Por isso, às vésperas do parto, tomou coragem e foi procurar Dona Cria.

Não era fácil atravessar a fazenda inteira. Assim como Jurema, Dona Cria morava na fronteira da propriedade. Mas cada uma tinha sua casa de um lado. Jurema morava perto do rio; Dona Cria, perto da estrada.

Ao longe, erguia-se o imponente casarão onde morava Policarpo, o dono da fazenda. Era a coisa mais bonita que Jurema já tinha visto em toda a sua vida. Parecia um palácio. Mas, seguindo o conselho do marido, evitou passar por ali. Claudionor sempre insistia muito nesse ponto e Jurema achava que, de alguma maneira, ele devia ter razão.

Depois de quase uma hora de caminhada, acreditou que estava perdida. Para onde quer que olhasse, só via mato. Teimosamente, prosseguiu pela picada aberta até que, de repente, a mata se abriu numa clareira.

Uma pequena casa de taipa chamava a atenção por seu cuidadoso acabamento. A seu lado, a orquestra de cacarejos que saía do galinheiro deixava imaginar o bom número de aves que abrigava. À direita, uma roça verdejante exibia milho, aipim, batata, cebola e outras espécies que Jurema não conseguia identificar. A pequena horta estava repleta de alface, taioba, almeirão, escarola, tomates, pimentões, abóboras e abobrinhas, pés de couve e de aipo, e uma infinidade de ervas aromáticas e medicinais. Ainda havia um pomar com limão, laranja, goiaba, carambola e manga. E até uma estrebaria onde um pangaré jovem e bem alimentado fazia companhia a um jumento. Mais adiante, Jurema ainda conseguiu ver uma vara de porcos. Mas o que mais a admirava era o sol. Naquela clareira não chovia.

Olhava espantada para a pequena propriedade ensolarada quando percebeu que a benzedeira a esperava na porta com um sorriso que parecia saber muito bem o que ela tinha ido fazer ali.

— Vamos entrando, minha filha — disse a velha, puxando uma banqueta.

Jurema viu um único cômodo, onde se ajeitavam como podiam uma cama estreita, uma mesa, duas banquetas e um imenso fogão a lenha.

A velha a recebeu em silêncio e voltou a mexer uma panela no fogão. O interior da casa era tão cheio de objetos que chegava a dar tontura. Jurema não tinha ideia do motivo pelo qual alguém precisaria possuir tantas garrafas, vidrinhos, potes, tigelas, jarros, gamelas, panelas e caldeirões. Tudo aquilo estava enfileirado em prateleiras que cobriam todas as paredes da casa. Uma única porta estava coberta com uma cortina grosseira de tecido.

Mas logo Dona Cria estava diante dela, interrompendo sua observação. Trazia uma caneca de louça branca cheia de uma bebida esverdeada — e não lhe parecia conveniente recusar.

Tentou controlar o nojo, que andava acentuado pela gravidez, e forçou-se a tomar um primeiro gole. Para sua surpresa, o líquido espesso era até saboroso.

Dona Cria riu.

— Beba, minha filha. Beba tudo. Vai lhe fazer bem.

Jurema obedeceu. E, em seguida, contou tudo à benzedeira, sem esconder nem mesmo a morte de Claudionor.

A mulher escutou sem comentários nem censuras, preparou um banho de ervas, lavou Jurema e mandou-a de volta para casa. Naquela noite, nasceu o novo bebê. De manhã bem cedinho, Jurema embrulhou-o num pano e retornou à casa da benzedeira.

Combinaram que a mulher ficaria escondida na casa de Jurema durante a noite e verificaria se o bebê estava mamando direito.

À noite, de seu posto de observação, Dona Cria viu Jurema adormecer com o menino no colo. Em seguida, viu quando a imensa serpente negra surgiu e substituiu o seio de Jurema pela ponta de seu rabo. Viu quando a cobra mordeu o seio e o sono de Jurema tornou-se mais pesado. Na realidade, mais do que pesado. O veneno da cobra anestesiava completamente sua consciência. Viu quando o homem entrou no quarto e assistiu à cena, impotente e angustiado.

Na manhã seguinte, Jurema a interpelou, ansiosa:

— E então, a senhora já sabe o que eu devo fazer para salvar meu filho?

Dona Cria apertou os olhos e franziu a boca de um jeito que fez Jurema se arrepiar. Então, falou:

— Quero que você mate uma cabra recém-parida e leve o úbere dela para casa. À noite, estarei lá para dizer o que deve ser feito.

* * *

Não foi fácil encontrar uma cabra do jeito que Dona Cria queria, com o peito bem cheio. Afinal, já no meio da tarde, Jurema encontrou o que procurava num sítio afastado. Mais difícil ainda foi convencer a dona da cabra a negociar. Jurema não tinha nada para dar em troca, só seus dias de trabalho. Assim, prometeu trabalhar de graça durante um mês inteiro para a dona da cabra em troca do animal.

Finalmente, partiu, arrastando a bichinha por uma corda. Ao chegar em casa, pegou a faca e degolou-a. Quando Dona Cria chegou, mostrou-lhe o peito da cabra, estourando de tanto leite.

— Ótimo — disse a benzedeira. — Quando for se deitar, ponha o úbere da cabra por dentro de sua blusa. É isso que você deve dar ao bebê. Deixe que ele mame, mas tente não dormir. Você verá o que acontece.

Jurema estava receosa. Intuía que assistiria a uma cena apavorante e não queria estar sozinha. Mas Dona Cria foi enfática:

— Só você pode pagar pelo sangue que derramou. Fique desperta. Prometo que seu filho sobreviverá.

Já na saída, Dona Cria virou o rosto para Jurema e sorriu um sorriso desdentado e amigo.

— Existem coisas que ninguém pode fazer no lugar de outra pessoa.

Antes de partir de vez, a velha suspirou e tirou uma pequena faca de dentro da blusa.

— Fique com isso. Use para se defender. Ponha a faca na boca de quem estiver hipnotizado por cobra. Fure o que a atacar entre os olhos.

Jurema agradeceu e a benzedeira insistiu:
— Só use a lâmina contra quem a atacar.

Ao cair da noite, Jurema apagou o lampião, fechou a porta, botou o úbere da cabra por dentro de sua blusa e o ofereceu ao filho, que começou a mamar. Ficou deitada no escuro, esperando para ver o que acontecia. A faca estava bem segura em sua mão.

Não tardou para que a serpente surgisse, rastejando sem fazer barulho.

Apavorada, Jurema viu quando o bicho distraiu seu filho com a ponta da cauda e cravou os dentes no úbere da cabra que ela trazia por dentro da blusa.

Logo em seguida, percebeu um movimento do canto do quarto. Era o vulto do estranho que, enrolado em sua capa, chorava sem conseguir deter o animal peçonhento. Mesmo no escuro, Jurema reconhecia aquele choro. Nem morto, nem transformado em assombração, Claudionor conseguia ajudar em alguma coisa.

— Traste inútil — murmurou enquanto apertava o cabo da faca.

Mas agora não era hora de se preocupar com o morto-vivo. O problema era o bicho.

Com a boca encharcada com o leite da cabra, olhos semicerrados, a cobra não parecia perigosa. Estava distraída demais com o próprio prazer para perceber a ameaça. E acostumada demais à passividade de Jurema.

Mesmo assim ela aguardou mais um pouco. Esperou que a cobra estivesse farta, já sonolenta e pesada de tanto alimento. Ali pelas três e meia da madrugada, percebeu que o bicho já não sugava com tanto apetite. E que seus olhos mal se mantinham abertos.

Pouco depois, a serpente fez um movimento preguiçoso, o primeiro que indicava que se aproximava sua hora de partir. Foi neste momento que, sem hesitar nem pensar no que fazia, Jurema cravou a lâmina entre os olhos da besta com um único golpe. O bicho estremeceu e começou a se contorcer, mas, para desespero de Jurema, tinha se enrolado no pescoço do bebê. Parecia dizer que só partiria levando consigo a vida do menino. A mulher era forte, mas a serpente era imensa. E se enroscava cada vez mais em torno do bebê.

No escuro, Jurema já escutava a respiração do menino se apagar de mansinho quando o vulto do homem o arrancou de entre as dobras do corpo da serpente. Furioso, mas já sem forças, o bicho se contorceu e morreu.

Ainda atordoada, Jurema recebeu o filho dos braços do defunto, que um dia fora seu marido.

— Este vai sobreviver — disse ele.

Assustada, ela concordou e apressou-se em botar o menino na cama.

— Muito obrigada, mas agora se vá embora — disse ela.

Foi quando sentiu o hálito gélido do homem em seu rosto.

— Eu vim para ficar, Jurema.

Não era mais apenas bebida. Era cheiro de carne havia muito apodrecida, cheiro de terra, de vermes, de morte prolongada e lenta. Claudionor tentava beijá-la como fazia quando chegava tarde da rua.

Jurema ainda tinha a lâmina nas mãos. Sabia que o certo seria botá-la na boca da assombração para desencantá-la. Já livre do feitiço da cobra, poderia enterrá-lo no quintal ao lado das crianças e sua alma descansaria em paz. Mas o cheiro do homem, seus braços frios e viscosos, tudo aquilo lhe dava um nojo tão profundo que cravou a faca de um só golpe entre os olhos de Claudionor.

No mesmo momento, lembrou-se das palavras da benzedeira. Só deveria usá-la contra quem a atacasse.

Um beijo poderia ser considerado um ataque? Não tinha resposta. Era tarde demais.

Na manhã seguinte, depois de queimar os corpos da cobra e da assombração, dirigiu-se ao quintal e contemplou os túmulos dos filhos mortos. Ali estavam Claudionor Filho, Nélson, Orlando e Agnaldo.

O novo bebê, ainda sem nome, dormia tranquilo e alimentado no berço. Esse vingaria.

Pensava nisso quando se virou para entrar na casa. Nem ligou para as pequenas serpentes que rastejavam pelo chão. Já estava acostumada com elas, achava que eram fruto de sua mente culpada. Foi pega de surpresa quando começaram a subir por suas pernas com uma força real demais. Tentou espantá-las com as mãos, mas não adiantou. Coladas em sua pele de um jeito que nada desgrudava, passaram pela barriga e subiram até atingir o pescoço, onde formaram uma roda mortífera que apertava cada vez mais.

Cambaleou para dentro de casa. Já na cozinha, teve que se apoiar contra a parede para não cair. Desabou. Não respirava mais.

Dentro de casa, o bebê chorou.

IV. BENZADEUS, A MENINA-DIABA

E voltamos a Alta Cruz, porque sempre precisamos retornar a lugares sujos e estéreis se quisermos passar a limpo algumas histórias.
Eu já disse que, ali, todas as crianças nascem feias. Ninguém sabe o motivo, mas é melhor que seja assim mesmo porque, se nascerem bonitas, todo mundo bota mau-olhado. Tem gente que diz que a cidade é amaldiçoada porque nasceu grudada na Fazenda Policarpo. Nada que presta nasce lá, nenhuma plantação vinga, nenhuma galinha bota ovos grandes. Tudo é mesquinho e mirrado. Mas a maior maldição da cidade é a inveja.

Ninguém pode ter filho sadio, nem vaca leiteira, nem porco gordo, nem roça que dê comida em fartura, que o povo bota olho grande.

Só uma vez, em 1872, nasceu uma menina bonita. Mas as mulheres botaram olho ruim nela e a menina adoeceu. Não deu pra morrer, mas cresceu toda esquisitinha. Depois de moça, só andava arrastando os pés, as costas curvadas, os olhos meio caídos, como se vivesse com sono. Nunca falava com ninguém, nunca tinha aprendido a ler nem a contar, não ia à missa. Se falassem com ela, mal respondia.

O povo apelidou a moça de Mudinha.

Mudinha já era uma mulher madura quando apareceu grávida e ninguém sabia de quem. Foi um choque na cidade. Aos 38 anos, nunca tinha tido marido nem namorado, nunca tinha sido vista com homem nenhum. Ninguém sabia como tinha engravidado. E nem adiantaria perguntar, porque ela não respondia.

Assim como todos na cidade, o bebê da Mudinha nasceu em casa, pelas mãos de Dona Cria. Era uma menina. A menina mais linda que alguém já vira na vida. Nem em pintura existia beleza parecida.

Dona Cria, impressionada com a formosura da menina, saiu contando o que tinha acontecido.

— A Mudinha pariu um anjo! — dizia para quem quisesse ouvir.

E a notícia correu rápido.

Naquela época, Alta Cruz era um povoado crescido à margem da Fazenda Policarpo. A maior distração do povo era prestar atenção na vida alheia e comentar.

O anjo da Mudinha virou assunto. Todo mundo queria ver a menina. O problema é que o povo nunca se conformava em só olhar. Ia querer passar a mão, botar no colo, pegar. E a Mudinha ficava apavorada só de pensar no mau-olhado.

Para proteger a filha, deu-lhe o nome de Benzadeus.

Se dependesse da Mudinha, Benzadeus ficaria trancada em casa. Mas tinha que batizar a filha. Então, para sair à rua, cobriu a menina com um pano preto. E tomou esse hábito. Só saía com Benzadeus se ela estivesse coberta com um pano preto até os pés.

E foi assim que a menina cresceu.

Mas, ao contrário da mãe, Benzadeus adorava estar ao ar livre. Quem passava diante da casa da Mudinha muitas vezes podia ouvir a menina chorando, pedindo para sair só um pouquinho. E a voz dela era tão linda, tão comovente, que tinha gente que também chorava de pena da menina presa. Outras pessoas, às vezes, viam o pequenino vulto preto correndo e brincando sozinho no quintal da casa.

Mas ninguém consegue manter filha presa por muito tempo. Benzadeus tornou-se moça e começou a fugir de casa. Já estava tão acostumada com seu pano preto que não o tirava mais. Saía pela rua, entrava na quitanda e comprava farinha, passava na igreja e assistia à missa, até mesmo a um baile foi — escondida da mãe. E a cidade foi se acostumando a ver o vulto preto para cima e para baixo.

Ao fim de algum tempo, ninguém estranhava mais. Todo mundo sabia que era Benzadeus, o anjo que Mudinha tinha botado no mundo. No entanto, ninguém em Alta Cruz jamais tinha visto um anjo vestido daquele jeito. Muito menos de preto. E quando o pano comprido começou a revelar contornos mais arredondados, a simpatia da cidade começou a minguar na mesma proporção.

Primeiro, foram as mulheres. Começaram a maldizer o vulto escuro que se aproximava com um jeito de andar tão suave e sensual e lhes dava bom dia com uma voz tão doce. Aquilo não podia ser natural.

A implicância delas tinha a ver com o comportamento dos homens. Todos ficavam meio abestalhados quando Benzadeus se aproximava. As namoradas tinham ciúmes, as noivas tinham ciúmes, as casadas também. Nenhuma mulher gostava que Benzadeus chegasse perto de seu amor. Porque era verdade que os homens ficavam enfeitiçados pela presença dela. Mesmo depois que o vulto negro partia, eles ainda ficavam um bom tempo reflexivos, calados, como se o pensamento deles tivesse fugido para outro lugar. Não davam atenção às suas mulheres, se irritavam quando elas abriam a boca para reclamar.

Mesmo sem nunca ter sido vista, a beleza de Benzadeus fazia qualquer outra moça parecer feia perto dela. Não demorou muito para as mulheres espalharem que ela era uma menina-diaba que só trazia desgosto para as famílias. Depois de sua passagem, até mesmo as bebês mais saudáveis pareciam feias. A cidade revelava sua pobreza repugnante. As plantações pareciam mais desbotadas; os animais, mais desnutridos. Nada parecia ser capaz de se comparar à beleza absoluta que desfilava pela cidade coberta de preto.

Sem se dar conta do mal-estar que sua presença provocava, Benzadeus continuava a passear pelas ruas, deixando os homens tontos e as mulheres raivosas. E, ao que parecia, a inveja das mulheres não a afetava. Não havia mau-olhado que quebrasse seu encanto ou perturbasse sua beleza.

Entre as mulheres, as mais rancorosas eram três irmãs, de sobrenome Agrestes, ainda mais feias do que os demais da cidade. Pina, Dina e Vilda ainda eram jovens, mas nenhum homem, por mais pobre ou estropiado que fosse, queria casar com elas. As irmãs atribuíam a rejeição à presença de Benzadeus. Se não tivesse uma moça tão bonita desfilando pela cidade, os homens olhariam para elas, tinham certeza.

Em Alta Cruz também vivia uma bruxa. Diziam que tinha vindo da Espanha e praticava magia. Fazia matança de bichos, usava ervas venenosas, invocava forças maléficas. Consta que seus feitiços já haviam deixado muita gente doente, que muitos amores já se tinham desfeito por causa de seus sortilégios. Geralmente, as pessoas da cidade a temiam. Mas as três irmãs andavam tão incomodadas que foram procurá-la. Queriam que o diabo carregasse Benzadeus para o inferno.

A bruxa gostou da encomenda. E pediu que as mulheres lhe trouxessem um ovo podre, bem fedido a enxofre, um punhado dos cabelos de Benzadeus, um pedaço de seu manto preto e um pouco da terra em que ela tivesse acabado de pisar.

— Vamos pavimentar o caminho dela para o inferno — explicou a mulher, para satisfação das três irmãs.

A terra era fácil de conseguir. O pedaço do manto, um pouco mais difícil. E o cabelo, quase impossível. Quem é que ousaria puxar o pano de Benzadeus para lhe arrancar um cacho de cabelo?

— Vamos botar ela para dormir — disse Pina, a irmã mais velha.

E assim foi feito. Ofereceram chá de cidreira forte à moça e esperaram que ela adormecesse. Vilda recortou um pedaço de seu manto, na altura do alto da cabeça, e, por ali mesmo, Pina puxou um cacho de cabelo, que também foi cortado. Por fim, juntaram tudo com a terra pisada que Dina tinha recolhido, com o ovo podre recolhido no galinheiro e levaram para a bruxa.

Sete dias mais tarde, Benzadeus desapareceu num misterioso incêndio em sua casa. A Mudinha sobreviveu, mas tornou-se mais muda do que antes.

A cidade ficou intrigada, as três irmãs aliviadas, e depois de algumas semanas de falatório, a novidade perdeu sua força. Benzadeus virou lenda e não se falou mais no assunto, a não ser como história pra fazer criança dormir.

Sete meses depois do desaparecimento de Benzadeus, Pina acordou subitamente no meio da noite. Tinha tido a impressão de que um homem a beijara. Levantou-se, acendeu a luz, olhou em volta, não viu nada e voltou para a cama. Mal adormeceu novamente e voltou a sentir um hálito forte perto de seu rosto. Agora tinha certeza, havia alguém ali. Paralisada de medo, perguntou:

— Quem está aí?

E ouviu uma voz rouca:

— Sou o noivo que Benzadeus lhe mandou do inferno.

Assim que o dia clareou, acordou as irmãs e contou tudo para elas. Mas Dina e Vilda não levaram a sério. Acharam que só podia ter sido pesadelo.

Naquele mesmo dia, à tarde, a irmã mais velha estava voltando da quitanda quando cruzou com o homem mais bonito que já tinha visto em sua vida. Era alto, forte, vestia-se com elegância e trazia os cabelos ocultos por um chapéu. Ficou tão impressionada com os bons modos e a beleza do rapaz que nem ligou para a história capenga que ele lhe contou. Disse que havia acabado de chegar a Alta Cruz e precisava voltar logo para a grande fazenda na qual vivia. Olhou fundo nos olhos de Pina e sussurrou:

— Case-se comigo.

Mesmo que quisesse, Pina não conseguiria dizer "não". Não conseguiria dizer nada. Estava hipnotizada. Não era mais dona da sua vontade. Só sentia uma paixão avassaladora, uma força intensa que a mandava seguir o rapaz. Assim que anoiteceu, ele veio buscá-la e partiram a bordo de uma carruagem como nunca ninguém tinha visto igual em Alta Cruz.

— Que sorte teve Pina — suspiraram as irmãs com uma boa dose de inveja.

E Vilda ainda lembrou:

— Se Benzadeus estivesse por aqui, isso nunca teria acontecido.

No caminho, Pina mal conseguia falar, de tanto nervosismo feliz. Pela janela, via estradas pelas quais nunca tinha nem imaginado passar. Campos verdes, pastos cheios de vacas gordas, cidades bem-cuidadas.

Perto da meia-noite, disfarçou um bocejo, tomou coragem e perguntou ao noivo onde iriam passar a noite.

— Já estamos chegando — foi a resposta.

Pina estranhou o tom rouco da voz. Era muito parecida com aquela que tinha escutado durante a noite. Um arrepio percorreu seu corpo.

Percebeu que estava com medo de se virar para o lado. Como se o encantamento tivesse passado de repente, atinou para o risco que corria. Com o olhar fixo na estrada à sua frente, repassou todas as perguntas que deveria ter feito ao desconhecido e não fez. O que sabia dele? Nada. Por que um homem rico, charmoso e bonito teria decidido casar com ela tão rapidamente? Por que a voz dele estava tão dura e áspera?

Sentiu que o carro parava e olhou em volta. Não havia nada, nem fazenda, nem casas, nem movimento de vida. Parecia que o mundo tinha morrido. Sua noite de núpcias só seria testemunhada pela mata mal iluminada por fracas estrelas.

— Tenho um presente para você — disse o homem, interrompendo o silêncio.

Pina quis correr, mas não sabia para onde. Ainda olhando para a frente, percebeu que o homem tirava seu chapéu e lhe oferecia seu conteúdo.

Mesmo na escuridão, já sabia do que se tratava. Dúzias de cachos de cabelo, exatamente iguais àqueles que tinha arrancado da cabeça adormecida de Benzadeus.

Algumas semanas mais tarde, foi a vez de Vilda ser acordada no meio da noite por um beijo de homem. Não tinha como duvidar de seus sentidos, embora homem nenhum jamais tivesse chegado perto dela. Sentiu um cheiro de saliva quente, um calor vindo do ar da noite, como se o vazio do quarto tivesse sido preenchido por uma presença absoluta.

Não foi exatamente o medo o que a acordou, mas a certeza de que não estava sozinha no quarto escuro. Embora sua consciência a avisasse para tomar cuidado, a presença do homem a deixava sem ação. A sensação de uma barba roçando seu rosto a paralisava de emoção.

Queria que o sonho — pois ela julgava que era um sonho — durasse para sempre. Mas, nessas horas, a gente sempre se deixa distrair por um monte de pensamentos que nada têm a ver com beijos. E Vilda pensou logo que não tinha trancado a porta antes de dormir, que podia ser um ladrão, que não era correto nem decente que um desconhecido a beijasse no meio da noite. Por esse motivo, arregalou os olhos na escuridão. O suficiente para ver um vulto alto e encapuzado ao lado de sua cama.

Se dependesse inteiramente de sua vontade, ela não perguntaria nada, só retornaria para o sonho macio e gostoso. Mas, uma vez desperta, Vilda se achava na obrigação de adotar uma postura séria. Só por isso, sentou-se na cama, firmou a voz e perguntou:

— Quem lhe deu o direito de vir me beijar no meio da noite? Quem o senhor pensa que é?

A resposta, numa voz rouca e viril, a deixou apavorada:

— Vim porque não podia deixar de ter vindo. Sigo ordens mais fortes do que a minha ou a sua vontade. Sou o noivo que Benzadeus lhe mandou do inferno.

Apavorada, Vilda olhou para a cama ao lado. A cama de Dina. Queria acordar a irmã e pedir socorro. Mas percebeu que a outra já estava de pé. Completamente vestida e desperta, Dina segurava uma pequena sacola onde já se encontravam seus pertences. A seu lado, outro vulto aguardava pacientemente.

— Vamos, minha irmã. Nossos noivos nos esperam — disse Dina.

E sua voz parecia tão alegre.

Ao contrário do que ocorreu com Benzadeus, o sumiço das três irmãs comoveu a cidade. Na opinião geral, eram boas moças, sérias, normais. Não era gente de fugir sem dar adeus.

Benzadeus não parecia humana, podia se esperar qualquer coisa dela. Mas as moças... Tão quietinhas, tão iguais às filhas de todo mundo, não podiam ter simplesmente ido embora sem se despedir.

Depois de uma semana de buscas pela região, quando já iam desistindo, alguém teve a ideia de arrombar a porta da casa onde viviam. E o que viram lá dentro foi tão impressionante que por muitos anos ninguém conseguia falar no assunto sem se benzer primeiro.

As três irmãs estavam deitadas em suas camas, sobre lençóis limpos e engomados. Cada uma vestia um vestido de noiva mais bonito do que o da outra. Bordados com rendas e pequenas pérolas, pareciam ter sido feitos para o casamento de princesas. Os véus, longos e rendados, se derramavam em cascatas sobre os lençóis e quase cobriam o chão do quarto.

O horror da cena se revelava em pequenos detalhes.

No lugar de grinalda, cada uma trazia uma coroa de cachos de cabelos.

Os buquês eram encimados por ovos podres e atados por um pedaço de pano preto.

E os pés, descalços, estavam cobertos de terra fresca.

PARTE DOIS

V. O REFERIDO É VERDADE E DOU FÉ

Agora, preciso falar do que não sei – porque não estava presente nem viva nem morta. Peço logo desculpas por alguma incorreção. Relato aqui o que o Mossiê me contou sobre sua vida antes de me conhecer. Só sei mesmo o que aconteceu depois que ele foi jogado na praia, perto da minha casa, mais vivo do que morto.

O Mossiê nunca foi muito confiável. Mas, para mim, não conseguia mentir. Eu ia saber se faltasse verdade no que me disse. Sendo assim, conto até o que não vi.

E posso muito bem imaginar a cena. O capitão do navio olhando com desprezo para o corpo do rapaz encolhido no convés...

Não gostara do francês desde o momento em que lhe pusera os olhos em cima. Magro, perfumado, metido em roupas finas e sempre enrolando a ponta de um ridículo bigodinho encerado, Armand Maurois tinha pouco em comum com o restante de seus companheiros de viagem.

Armand detestava o mar. Jamais teria embarcado naquele navio caso não estivesse fugindo de um homem que queria matá-lo. E jamais estaria fugindo de um homem que queria matá-lo caso não tivesse seduzido a mulher dele.

Tudo tinha acontecido rápido demais.

Era algum dia de dezembro de 1797. Armand nunca sabia direito porque não tinha calendário em casa, nem se preocupava com isso. Estava em sua barbearia, em Saint-Malo, noroeste da França, se preparando para arrancar o dente de um paciente, quando o homem entrou ventando pela porta, empunhando um facão quase do tamanho de sua perna.

— Quero ter o prazer de estripá-lo — disse, quase sussurrando, Lucien, marido de uma jovem senhora a quem Armand andara fazendo a corte. A raiva era tanta que estrangulava a voz do sujeito. Além disso, tinha medo de que, de uma hora para outra, lágrimas pulassem de seus olhos, o que seria uma desmoralização ainda maior do que a de ser traído. E aquilo o deixava com ainda mais raiva. Por isso, todo o seu corpo tremia.

O paciente, um comerciante das imediações, só esperava arrancar um dente infeccionado para poder zarpar com o Saint-Denis, a fragata mercante que partia naquele dia para o Brasil, uma colônia portuguesa riquíssima, como mais tarde explicaria ao francês. Já deitado e de boca aberta, aguardava pelo tratamento salvador. Estava enlouquecido de dor. A perspectiva de embarcar daquele jeito para enfrentar uma viagem que poderia durar mais de trinta dias deu a ele uma coragem que, em condições normais, não teria.

Quando viu a confusão armada, levantou-se e colocou-se entre o dentista e o marido traído. Aflito, tentava contemporizar.

— Por favor, meu senhor, aja como um cavalheiro.

O homem olhou para ele como se só então tivesse percebido sua presença.

— Quem o senhor pensa que é para me dar lições de cavalheirismo?

— Auguste Duprès, a seu dispor — disse o comerciante, estendendo a mão direita enquanto mantinha a esquerda comprimindo a bochecha inchada.

Como o homem recusou a mão que Auguste lhe oferecia, o comerciante tentou argumentar. Se a honra do sujeito havia sido atacada, poderiam marcar um duelo. Ele, Auguste, se prontificaria a ser testemunha. Mas isso, evidentemente, teria que acontecer na manhã seguinte, depois que o maldito dente lhe fosse arrancado.

— O senhor pretende que eu dê a esse verme a honra de morrer em duelo? — perguntou o homem, bufando de raiva. — Só pode estar brincando. Já disse que vou sangrá-lo feito um porco. Quero ouvi-lo guinchar — disse, partindo para cima de Armand com seu facão.

O barbeiro teve que pular pela janela e fugir correndo.

Sem casacão, chapéu, cachecol ou botas, disparando pelas ruas geladas em pleno mês de dezembro, parecia um doido. Mas todos sabiam que ele não era maluco. Era Armand Maurois, o cirurgião-barbeiro mais conhecido da região, não apenas por seu talento profissional como também pela atração irresistível que exercia sobre as esposas e filhas dos homens da cidade.

Enquanto se desviava dos passantes e corria, Armand tentava pensar em alguém que pudesse escondê-lo, mas nenhum nome lhe ocorria.

Era uma terrível ingratidão. Sempre tinha tratado todos os doentes da cidade, mesmo aqueles que não podiam pagar. Mas sua generosidade e genuíno talento para o ofício não suplantavam sua má fama na memória coletiva. Todos os que tinham uma história de recuperação da saúde para contar também tinham outra — fosse de jogatina, de adultério ou sedução.

Poderia ir para a taberna, mas certamente seria o primeiro lugar onde Lucien iria procurá-lo. Então, correu para o porto de Saint-Malo que, pelo menos, tinha espaços abertos e uma multidão à qual se misturar, embora suas roupas — ou a falta delas — o denunciasse. Era evidente que não era nem marinheiro, nem soldado. Seu corpo magricelo, vestido em trajes finos demais para a profissão que exercia, chamava a atenção.

Foi se esgueirando entre os passantes, com o coração disparado, sempre se certificando de que não estava sendo seguido.

Em um dos momentos em que olhava para trás, sentiu um par de braços fortes imobilizando seu tronco ao mesmo tempo que uma capa era jogada por cima de seu rosto, cobrindo todo o seu corpo até os pés.

Tentou escapulir esperneando, mas o homem era muito mais forte do que ele. Arrastou-o sem nenhuma dificuldade. Sentiu que seus pés raspavam o chão gelado enquanto esbarrava nas pessoas ao redor. Alguns perguntaram a seu sequestrador quem estava carregando, mas o homem limitou-se a dizer que era assunto dele.

Ali no porto era assim. Cada qual tinha seu desafeto. Desertores, ladrões, malandros de todo tipo eram pegos e carregados sem que ninguém se importasse com seus destinos. Então, se o homem dizia que era assunto dele, o caso estava encerrado. O fato de Armand se debater e gritar por socorro não comovia ninguém. Assim, o cirurgião-barbeiro foi arrastado até perceber que o botavam a bordo de uma embarcação. Quando descobriu onde estava, tirou forças não se sabe de onde e esperneou tanto que foram necessários dois homens para carregá-lo até o convés do navio.

— Ainda bem que o sujeitinho é leve — ouviu uma voz desconhecida dizer. Parecia divertida com suas infrutíferas tentativas de fuga.

A mesma voz se dirigiu a seu captor:

— E agora, o que eu faço com ele?

— Amarre-o e deixe aí enquanto vou conversar com o comandante.

— Mas aqui vai ficar no meio do caminho. Os homens estão carregando o navio — observou aquele que devia ser um marujo.

— Não seja estúpido. Jogue ali no meio das cordas. Mas fique vigiando. Não quero ninguém mexendo com ele.

Embrulhado no grosso tecido negro, amarrado como um defunto pronto para ser jogado ao mar, Armand ouvia o som de passos pesados levando sacos e baús para bordo. As vozes riam, gritavam, praguejavam. Mas ninguém parecia prestar atenção nele.

Pelo menos o tecido ajudava a protegê-lo do frio. Mas só ajudava. Percebeu que anoitecia pela mudança do vento e da temperatura. Se fosse deixado ali a noite inteira, morreria congelado.

Acabou adormecendo — de fome, cansaço físico e emocional. Quando deu por si, estava novamente sendo arrastado pelo convés, carregado por dois homens e, por fim, jogado em um lugar fechado, possivelmente uma cabine. Podia sentir isso pela mudança de temperatura. Ali não ventava. Além disso, tinha escutado o inconfundível barulho de porta batendo. Alguma coisa ia acontecer e estava certo de que não seria nada bom para ele.

Sentiu que mãos desamarravam a corda e começavam a desembaraçá-lo da grande capa que o envolvia. Instintivamente, mergulhou a mão no bolso da calça. E só então se deu conta de que, ao fugir, tinha carregado consigo sua navalha. Se era para morrer, que pelo menos tivesse alguma dignidade. Não queria ser sangrado como um porco e depois jogado ao mar.

Assim que sentiu os braços livres, despiu a lâmina e avançou sobre o sequestrador. Depois de poucos segundos de luta, foi jogado ao chão e subjugado. A capa foi rapidamente retirada de sua cabeça.

À sua frente, encontrava-se Auguste Duprès, o comerciante, com um talho de navalha que riscava seu rosto da orelha direita até o canto da boca — problema que nem parecia tão grave diante de sua dor de dente. A seu lado, a maleta de Armand cuidadosamente arrumada. Nada faltava. Nem o conhaque, nem o vidro com sanguessugas, nem as ventosas de vidro, nem as lancetas e muito menos o boticão de arrancar dentes. Só o que faltava era a navalha.

A travessia levou quase 60 dias. Na maioria deles, Armand desejou ter sido estripado pelo marido traído. Nunca imaginara que uma viagem marítima pudesse ser tão infernal.

Dividia a cabine com Auguste — a quem havia curado da dor de dente, mas não da feia ferida no rosto. Era bom ter uma presença conhecida, mas nada aliviava as terríveis provações enviadas pela natureza.

Poucos dias depois de terem zarpado de Saint-Malo, ancoraram na baía de Frenaye para esperar por outro navio que devia se juntar a eles. Nenhuma nau ousava cruzar o Mar do Sul sem companhia. Tudo podia acontecer – desde um naufrágio até um ataque de piratas. Mas a outra fragata não chegava. Ficaram ancorados por quase um mês, gastando víveres e sofrendo com os rigores do começo do inverno, até que o navio atrasado aparecesse. Em seguida, foi o mau tempo que impediu a partida. Só no dia 29 de dezembro de 1797 o Saint-Denis conseguiu iniciar sua árdua jornada em direção ao Brasil.

O que parecia um alívio logo revelou-se nova provação. Em mar aberto, a fragata balançava perigosamente, o que fazia com que nada parasse no estômago do cirurgião. Embora todos lhe garantissem que se acostumaria ao balanço, isso não aconteceu. Em pouco tempo, sua roupa, sua cabine e tudo à sua volta fedia a vômito. Passava os dias debruçado sobre a amurada em contorções estomacais de fazer pena. Emagreceu. Adquiriu olheiras fundas. Seu bigodinho, antes cuidadosamente moldado com cera, perdeu-se em meio a uma barba amarfanhada onde se misturavam restos de comida, de vômito e vinho.

Em pouco mais de dez dias, nada no jovem magrelo lembrava o galante cirurgião-barbeiro que fizera fama em Saint-Malo.

– Isso é sempre assim? – perguntava a Auguste.

O comerciante ria. Mas também estava alguns quilos mais magro.

– Nem sempre. Mas garanto que, quando chegarmos, você esquecerá tudo o que sofreu no mar.

Armand duvidava. E Auguste descrevia as maravilhas que o aguardavam no Brasil.

– Imagine um lugar onde nunca neva. O sol está sempre aberto. As pessoas são felizes.

O cirurgião se encolhia em sua coberta fedorenta.

– Os marinheiros dizem que há selvagens por lá.

Quando Armand achava que a viagem não podia piorar, foram atingidos por uma tempestade. No meio da correria dos marujos, escutava pedaços de conversa que lamentavam a falta de solidez das construções francesas. Segundo os mais experientes, a estrutura não tinha sido desenvolvida para enfrentar aquele tipo de travessia, o que parecia comprovado pelo modo como o navio era jogado de um lado para outro.

Depois de três dias de tempestade, quando o sol clareou, foi a vez da tripulação se rebelar. A insatisfação era imensa. Todos murmuravam que tinham sido enganados, que a embarcação não tinha condições de atravessar o Mar do Sul e que seria melhor retornarem.

O clima ficou tão pesado que o comandante mandou recolher todas as armas que havia a bordo, o que incluía facas, estiletes e qualquer objeto cortante. Só Armand foi autorizado a manter seus instrumentos cirúrgicos. Mas isso o obrigava a uma vigilância redobrada. Não havia dia em que não pegasse um marujo tentando roubar sua navalha.

Cerca de trinta dias após a partida, o frio cedeu. Inicialmente, parecia uma boa notícia. Mas em seguida o tempo começou a esquentar muito mais do que Armand podia imaginar que seria possível.

Um dia, depois de passar a manhã no convés, como fazia regularmente, percebeu que seu rosto e suas mãos estavam vermelhos e cobertos de bolhas. A sensação de queimadura era ainda pior porque o ar parecia estar vindo diretamente dos fornos do inferno. Nunca, em toda a sua vida, Armand pudera imaginar um calor daqueles.

Soube então que estava atravessando a linha do Equador. E ele, que sempre acreditara que o frio europeu era o pior dos males, pôde comprovar pela primeira vez o efeito que o calor produzia sobre a saúde da tripulação.

Para começar, as infecções proliferavam. E isso incluía o rosto de Auguste, que a cada dia ficava pior. O talho que a navalha tinha feito em sua bochecha estava inflamado e supurava, impedindo a cicatrização. Assim que o calor transformou o mundo numa bola de chamas, o comerciante ficou à beira da morte. Depois de uma agonia de quase cinco dias, morreu em meio a terríveis dores e gritos.

A morte de Auguste fez com que o ambiente ficasse ainda mais difícil para Armand. Nunca tinha sido visto com muita simpatia pelo comandante e restante da tripulação, que estranhava seus modos afetados e sua vestimenta. Mas mantinha certo respeito. Todos se sentiam mais seguros com um cirurgião a bordo. No entanto, sua incapacidade de cuidar da ferida infeccionada de Auguste catalisou a antipatia dos homens. Sua reputação não resistiu à ruidosa agonia do comerciante. Quando o corpo foi jogado no mar, com seu rosto deformado pela navalhada, Armand teve a certeza de que sua segurança também naufragava.

Poucos dias mais tarde, o Saint-Denis chegou à costa do Rio de Janeiro. Armand tinha sido reduzido a um monte de ossos coberto por uma pele cheia de bolhas. Febril e desnutrido, foi levado de bote até uma praia e abandonado lá para que morresse.

Àquela altura, a morte parecia o mais doce dos destinos. Mal sentiu que seus pés tocavam terra firme, deixou que o corpo desmaiasse sobre a areia. Agora, não se importava mais que o sol batesse diretamente em seu rosto. Que as bolhas brotassem. Não estaria mais vivo para sofrer a dor das queimaduras.

Nas horas seguintes, concentrou-se nesse pensamento. Aos poucos, a dor no estômago vazio foi se acalmando, a terrível ardência da pele se distanciando. Dormitava. Uma vez, acordou no meio da noite. Fazia frio. Tentou virar o corpo. Adormeceu novamente. Sonhava, sonhava muito. Acordava apenas por alguns segundos, o suficiente para perceber que ainda estava vivo.

Até que, finalmente, sentiu que o último fio de vitalidade se partia.

E descobriu que morrer era agradável, quase doce.

VI. MÃE JUSTA

Meu nome é Justiniana Antônia Silvério, mas desde muito nova o povo da praia das Caravelas, na Capitania Real de Cabo Frio, me chamava de Mãe Justa.

Antes de morrer, fui benzedeira, assim como o foram minha avó Catarina e minha bisavó Laudelina, e assim como se tornou minha neta Cria.

Com o passamento de minha avó — minha bisa já tinha finado anos antes —, fiquei sozinha na casa. Eu só tinha 14 anos, mas isso não impediu o povo de continuar batendo à minha porta pedindo cura.

Nos primeiros tempos, estranhei ser chamada de Mãe. Mas quando o Mossiê chegou, eu já tinha feito 16. Já sabia que todos os viventes do mundo eram meus filhos, que era minha missão curar quem buscasse meu conhecimento.

Por isso não estranhei quando, naquele dia, Piá veio subindo a trilha que dava em minha casa, no alto do morro, já berrando e quase sem fôlego.

— Mãe Justa! Mãe Justa, corra aqui, pelo amor de Deus.

E, antes mesmo que eu surgisse à porta, ela já completava:

— Tem um homem morto lá na praia.

Corri atrás da menina. Ao chegar ao local, já encontrei umas dez pessoas em volta do sujeito. Uns diziam que estava vivo, outros que estava morto.

Ajoelhei-me ao lado do corpo.

Não parecia respirar. Seu rosto, ombros e costas da mão estavam cobertos de bolhas purulentas. A barba rala era tão desgrenhada quanto a cabeleira. Antônio era de opinião que era um prisioneiro que tinha escapado.

— Magro desse jeito, deve estar sem comida há um bom tempo.

Piá era de outra opinião:

— Acho que ele naufragou.

— Besteira, menina — ralhou a mãe. — Nenhum barco afundou aqui por perto.

— A senhora acha que ele está morto? — um pescador perguntou.

Balancei a cabeça em dúvida.

— Não sei. Parece que sim.

Botei a orelha no peito do homem.

— O coração está batendo. Muito fraquinho. Não tenho certeza, mas parece que bate.

Por sorte, ninguém perguntou por que eu não tinha certeza. Seria embaraçoso explicar que, ao aproximar meu rosto do peito do desconhecido, meu próprio coração disparou em tal agonia que eu não sabia se as batidas que escutava eram minhas ou dele.

Afastei o rosto, afogueada.

Com a ajuda de uma rede, os homens carregaram o corpo do moribundo até minha casa, onde passaria cinco dias desacordado, balançando entre a vida e a morte.

* * *

A primeira coisa que descobri, logo depois de tê-lo despido e lavado, foi que o homem era bonito. Cortei sua barba bem rente para evitar que os ferimentos dessem bicho e revelou-se um rosto que, mesmo maltratado pelas queimaduras, impressionava.

Era evidentemente europeu, mas não tinha jeito de português. Talvez holandês. Ou francês. Minha bisa Laudelina contava muitas histórias de franceses. No tempo dela, eles estavam sempre por aqui. Tinha muito parto de criança de olho azul. E ela era sempre chamada, porque parece que os francesinhos relutavam em vir ao mundo se o mundo fosse aqui. Sempre que chegava alguém chamando por ela, pedindo para rezar um parto difícil, ela dizia: isso é filho de francês.

Quando aprendi a benzer e a ajudar nos partos, formei uma opinião diferente. Primeiro, achei que era o olho azul que atrapalhava. Mais tarde, comecei a pensar que aquelas mães trancavam os ventres, que não queriam nem ter que olhar para aquelas crianças tão diferentes, frutos de ladrões e piratas que as tinham agarrado no meio do mato e depois largado, ainda machucadas, ao pé de uma árvore.

No entanto, o homem encontrado na praia não se parecia em nada com os franceses das histórias de minha bisa. O corpo quase não tinha músculos, o pelo ralo era fino e macio, e aquelas mãos, com certeza, jamais tinham feito trabalho bruto. Talvez fosse nobre. Mas o que um nobre francês faria na costa brasileira?

É verdade que o corpo do desconhecido me perturbava. Mas não provocava o tipo de emoção que vem do desejo. Era outra coisa. Tinha desejo, mas estava além disso. Meu coração disparava e eu tinha lampejos de visões que não compreendia.

A vidência me acompanhava desde quando eu era criança, mas normalmente eu só tinha acesso a imagens que se relacionavam à saúde das pessoas. Com o desconhecido, acontecia uma coisa diferente. Um dia, ao lavar sua barriga, surgiram duas crianças em meu campo de visão. Ao trocar o curativo de sua cabeça, vi minha própria cabeça cortada, jogada à beira de um rio. Cada dia, tinha uma miragem mais intrigante. Um navio. Um homem com o rosto cortado à navalha. Um porto.

Só no quinto dia consegui, de fato, localizar aquilo que impedia sua recuperação. Ao me aproximar da rede, percebi a presença de uma mulher, ao lado do corpo do desconhecido, tentando a todo custo levá-lo consigo para o mundo das almas.

Isso era mais comum do que parecia. Em quase todas as vezes que fui chamada a curar alguém, no fundo da doença havia uma força maligna. Na maioria das vezes, as almas queriam vingança. Mas não parecia ser o caso da moça pálida e triste que não arredava o pé da rede onde o desconhecido dormia. Ela mais parecia alguém tão atormentada de saudades que tentava levar o desconhecido para seu lado.

A mim não interessava se o motivo era saudade, vingança ou outro. Minha tarefa era afastar o espírito perturbado para restabelecer a saúde do doente. Por isso, peguei meu punhal de ferro, atravessei a lâmina sete vezes na chama de uma vela e o esfreguei bem com folhas de mulungu. Sentei-me na ponta da rede e fui passando a faca pelo corpo do homem, enquanto fazia minhas rezas.

Eu estava, justamente, com a faca em seu pescoço quando ele abriu os olhos.

Eram castanhos.

Eu sorri. Mas ele parecia tão assustado que não conseguiu retribuir meu sorriso. Só pareceu menos apavorado quando terminei de fazer o ritual de limpeza, cobri seu corpo com um pano branco e fui para a cozinha pegar um prato de mingau de milho. Ele precisava comer.

Na manhã seguinte, quando me levantei, ele já estava sentado na rede, me olhando do jeito que os homens olham para mulheres. Numa das poucas vezes que tinha sido chamada à casa de uma senhora branca, ela me mostrara meu próprio rosto em um espelho. Não era nada impressionante. Eu não era nem europeia, nem índia, nem africana. Só vi um rosto meio comum e meu lencinho branco na cabeça. Depois, ela me deu o espelho de presente. Guardei dentro de um baú. Eu já sabia o que precisava saber, não precisava ficar me olhando toda hora.

Apesar de não me achar bonita, eu conhecia bem aquele tipo de expressão fixada no rosto do desconhecido. Eu já tinha me deitado com alguns homens antes. Mas, com aquele, ainda não era hora. Como benzedeira, eu não podia me deitar com um sujeito que ainda estava com a alma doente. Primeiro, seria preciso curá-lo.

Por mais de um ano, convivemos quase sem trocar palavra. Soube que ele se chamava Armand e ele aprendeu meu nome, que falava Xuxta. Os pescadores o ajudaram a erguer uma palhoça quase ao lado de minha casa e ele mal largava a barra da minha saia. Parecia um são bentinho me protegendo de cobra.

Estava claro que ele nunca tinha visto ninguém sarar doenças rezando, usando objetos sagrados e recomendando folhas, raízes e cipós como remédio. Se ele próprio não tivesse sido salvo da morte por mim, diria que tudo aquilo não passava de superstição — ou até mesmo bruxaria.

'Garrara o hábito de ficar num canto da sala de minha casa observando a maneira como eu lidava com os doentes. Quando eu saía para buscar ervas, ele ia atrás. Pegava tudo, cheirava, esfregava nos dedos para ver a cor. Eu brincava dizendo que Armand era minha sombra. Minha sombra francesa. O interesse dele por tudo que eu fazia me levou a desconfiar que fosse médico. Como não sabia dizer "médico" em nenhuma outra língua que não fosse português, eu não podia perguntar.

Um dia, tive a confirmação. Alguém veio me chamar às pressas para resolver um parto complicado. Como sempre, Armand fora em meu encalço. Ao chegarmos, a parturiente já estava quase morta. Bastou olhar para saber o óbvio. Não era assunto para parteira. Era preciso chamar um barbeiro que furasse uma veia do braço da parturiente, deixando que o sangue ruim jorrasse e, assim, ela se salvasse.

— Onde está o barbeiro? — perguntei.

O marido e a mãe da moça torciam as mãos de aflição. Já tinham mandado chamar, mas o homem estava demorando demais. Queriam que eu fizesse alguma coisa enquanto ele não chegava.

Armand não entendia nada do que diziam, mas sabia de uma coisa: se a veia da moça não fosse lancetada nos próximos minutos, ela morreria. Sem sua maleta, não tinha instrumento adequado para a intervenção. Mas viu uma faca pequena sobre a mesa da cozinha. Teria que servir. Entretidos na discussão, eu e os parentes da mulher mal percebemos quando Armand pegou a faca, passou sua ponta na chama do fogão, esperou que esfriasse por alguns segundos e cravou-a na dobra do braço da parturiente, acertando a veia que já estava a ponto de estourar.

A mulher gritou de dor. Mas tinha sido uma incisão perfeita. Quando olhamos, o sangue já jorrava no ritmo das batidas do coração. Curtos esguichos faziam uma pequena poça no chão. Alguém correu e trouxe uma bacia. A moça abriu os olhos e voltou a fazer força para expulsar o bebê. Armand amarrou uma fita em seu braço para estancar o sangramento. Poucos minutos depois, a cabeça do bebê coroou, pude puxá-lo para fora e ouviu-se o choro límpido e forte de uma criança sadia.

Era um menino.

Foi batizado como Armando Justo apesar dos meus protestos. Daquela vez, eu não tinha feito nada. O responsável pelo sucesso do parto tinha sido o francês. Como eu já vinha desconfiando, o homem era cirurgião-barbeiro.

O fato de sermos dois profissionais dedicados à cura nos aproximou ainda mais. Diariamente, saíamos juntos para pegar ervas. Eu pegava folhas e galhos, quebrava ao meio, dava para Armand cheirar, explicava suas propriedades medicinais... e ele não entendia nada. Mas obedecia quando eu lhe dava folhas de goiabeira para mastigar e aprendeu rapidamente a macerar folhas de macassá, aroeira, babosa e outras para fazer banhos de cheiro. Não era porque era francês que precisava cheirar como um europeu.

Até que, um dia, fez uma pergunta em português:

— Hoje é dia qual?

Eu ri e respondi:

— Hoje é dia 14 de março de 1799. Faz pouco mais de um ano que o senhor chegou.

Foi a primeira vez que Armand compreendeu uma frase completa em português. E sentiu-se feliz.

Eu gostava da companhia dele. Volta e meia, pegava seu olhar, cheio de mel, passeando por meu corpo. Mas não tinha nada em comum com os piratas e contrabandistas das histórias da bisa. Nunca tentara me pegar à força. Nem sem força, aliás. Limitava-se a deixar que sua admiração fluísse sem pudor. Quando eu me banhava com macassá, se aproximava e pedia para cheirar meus cabelos antes que eu os prendesse. Quando eu me abaixava para colher planta, mergulhava as pupilas por dentro do meu decote e suspirava. Enquanto eu falava, sentia que ele acompanhava cada movimento dos meus lábios.

Eu também o queria. Mas nada podia fazer enquanto o espectro ainda o rondasse. A alma penada continuava a minar suas forças. Só não conseguia arrastá-lo novamente para as fímbrias do outro mundo graças às minhas rezas. Mas aquilo era cansativo. Eu precisava de uma solução mais permanente.

Para piorar, a presença da alma da moça provocava minhas piores visões. Crianças, uma grande extensão de terra, serpentes e, sobretudo, a mais persistente, minha própria cabeça jogada na beira de um rio.

Um dia, perguntei a ele quem era a jovem. Era uma tarde quente e caminhávamos pelo mato. Armand estava tão ocupado matando mosquitos que teimavam em castigar sua pele que não prestou atenção à pergunta. Foi preciso que eu repetisse:

— Quem foi essa moça?

Ele não sabia. Não lembrava. Nem parecia muito interessado no assunto.

No entanto, eu a via espreitando o francês o tempo todo. Enquanto ela não fosse embora, a saúde dele não estaria segura. Por isso, insisti.

Foi preciso que a descrevesse em detalhes, o que não era recomendável. Evocar a imagem da morta tornava sua presença muito mais concreta e preocupante. Mas tinha que correr o risco. De outra maneira, jamais conseguiria livrar o francês da pobre alma que sugava sua energia. Por isso, concentrei-me na miragem.

— É uma moça jovem, de uns 18 anos, muito magra e branca, com cabelos cacheados de uma cor esquisita. Parecem vermelhos.

O problema é que a descrição realmente deixava a alma mais forte. Comecei a me sentir tonta.

— Não lembro, Dona Justa, realmente não lembro. — Armand abanou a cabeça. Aquela descrição correspondia a tantas moças que ele tinha seduzido.

Então, mencionei o que a diferenciava das demais.

— Está vestida de branco como se fosse uma noiva.

Tive que parar. Se continuasse, não saberia o que podia acontecer. A alma da moça estava tão próxima, e se tornava tão concreta, que eu conseguia ver até mesmo detalhes do seu vestido bordado. Não podia prosseguir.

Subitamente, o francês arregalou os olhos.

— Henriette!

Ao ouvir seu nome pela boca do amado, a mulher estremeceu e começou a aproximar-se perigosamente de Armand.

— Cale a boca — falei, e arrastei-o por quase uma hora até chegarmos a uma pequena capela próxima à praia. Armand não compreendia por que precisava correr. Tampouco entendia por que tinha que parar de pensar em Henriette até chegarmos ao destino.

Na capela fiz com que ele entrasse e se ajoelhasse.
— Não gosto de igrejas. Sou um espírito iluminista — protestou.
— Cale a boca. Vou deixá-lo aqui. Quero que peça perdão a essa moça e implore a Deus que tenha piedade de sua alma. Depois reze cinco Ave-Marias e peça a Nossa Senhora que tenha piedade de você.

Armand olhava para mim, assustado. Normalmente não acreditava em nada daquilo, mas a descrição que eu fizera de Henriette era tão exata que não sabia mais o que pensar.

Em seguida, apontei para uma porta lateral da igrejinha.
— Vê aquela porta?
— Sim.
— Saia por ela, dizendo as seguintes palavras: "Deixo aqui, aos cuidados de Deus, Pai de nós todos, a alma de Henriette, para que a liberte das dores que deveria ter deixado aqui na Terra."

Armand não acreditava que uma reza simples daquelas pudesse ter algum efeito.
— Só isso? — perguntou.
— Depois, entre pela porta da frente dizendo: "Retorno à casa de meu Pai para pedir perdão pelos meus pecados." E saia pela lateral recitando a reza. Faça isso sete vezes.

Ele assentiu e se levantou. Já ia sair pela porta indicada quando o repreendi:
— Mandei o senhor se levantar?

Armand tornou a se ajoelhar.

— Preste muita atenção no que vou lhe dizer agora — pedi, tirando uma tira de pano branco da faixa que me servia de bolsa. — Pegue isso. — E lhe estendi o pedaço de tecido. — Quando estiver saindo da igreja, pela porta lateral, pela sétima e última vez, a reza vai mudar.

Armand estendeu a mão e enrolou a tira de pano nos dedos.

Prossegui:

— Você vai ver a moça. Vá até ela, amarre seus pulsos com a fita branca e vire-se imediatamente. Vá para a porta lateral, sem olhar para trás, e, ao atravessá-la, diga: "Deixo aqui, aos cuidados de Deus, Pai de nós todos, a alma de Henriette, para que a leve consigo."

Armand parecia pensativo.

— Tem alguma coisa que o senhor não entendeu? — perguntei.

Não era isso.

Morria de vergonha de confessar, mas estava com medo. Era um cirurgião, filho de cirurgião, neto de cirurgião. Um homem acostumado a abrir corpos com lâminas para curá-los. Não ficava impressionado com os gritos lancinantes de seus pacientes. Não pensava com temor naqueles que morreram.

No entanto, desde que chegara ao Brasil, tinha a impressão de ter mergulhado em uma realidade alucinante. Ali, almas voltavam do outro mundo para atormentar os vivos. Tinha certeza de que tal coisa jamais aconteceria na França.

O fato é que não estava preparado para lidar com aquilo.

Tive vontade de rir quando ouvi aquilo. Mas percebi que ele não iria entrar em discussão. Quando abriu a boca novamente, foi para dizer:

— Pode deixar, Dona Xuxta. Entendi tudo.

* * *

Não vi o que aconteceu. Só sei do que ele me contou mais tarde.

Já estava na sexta volta. Tinha a impressão de que a presença de Henriette se tornava mais concreta a cada uma delas.

— Bobagem. — Sacudiu a cabeça. — É só impressão minha.

No entanto, quando se dirigiu à porta lateral pela antepenúltima vez e iniciou a reza, sentiu muito claramente os braços nervosos da menina agarrando suas pernas e impedindo seus movimentos. Conhecia aquela sensação. Tinha sido exatamente assim que a deixara pela última vez.

Era impossível esquecer a despedida. Sabia que tinha sido covarde. Mas fazia parte de sua lógica à época, tentava argumentar na própria defesa. Tinha apenas 16 anos. Jamais poderia imaginar que a moça, tão linda, se mataria ao constatar o abandono. De fato, só soube três anos mais tarde. Àquela altura, já estava envolvido em outros assuntos. Henriette tinha se tornado uma pálida lembrança.

E era exatamente a pálida lembrança da moça que, a cada volta, tomava mais corpo no adro da igreja enquanto Armand cumpria o ritual.

E, agora, não dava mais para fingir que era uma miragem. Assim que entrou na igreja, pela porta da frente, viu Henriette diante do altar, onde ela havia sonhado que se encontrariam. Onde ele havia prometido que se encontrariam.

Armand hesitou antes de pisar no adro. Sua vontade era de sair correndo.

Henriette estava lá tão bela, triste e jovem como no dia em que a conhecera. Mas agora tinha a palidez acentuada, o rosto quase arroxeado. E o olhar acusador.

Teria que caminhar até onde ela estava se quisesse virar à esquerda e sair pela porta lateral. Respirou fundo. Só poderia amarrá-la com a fita branca que eu lhe dera na última volta. Ainda estava na penúltima. Agora, era preciso coragem.

A jovem estava no altar. E foi para lá que Armand se dirigiu. Ali, caiu de joelhos e pediu perdão. Pela primeira vez, foi sincero. Estava esmagado pela culpa. Não suportava mais a lembrança de seu erro. Preferiria morrer ali a se levantar e continuar carregando o peso da morte da jovem em sua consciência. Com tremendo esforço, levantou-se e dirigiu-se à porta lateral.

Ao sair ao ar livre, sentia-se tão esgotado que não encontrava forças para iniciar a última volta. Sabia que seria a mais dura de todas. Uma doce tentação dizia que seria muito melhor deitar-se na grama fresca e fazer de conta que Henriette jamais tinha existido. Fingir que ele nunca tinha provocado a morte de uma jovem. Mas já tinha sido covarde uma vez.

Perdoar. Ser perdoado. Enfrentar as consequências de seus erros. Era hora de decidir. Se entrasse novamente na igreja, estaria dando permissão a forças que até então desconhecia para purificá-lo e prepará-lo para assumir missões mais ambiciosas.

Naquela noite, fiz um chá forte de salsa e poejo. Era o que bisa e minha avó faziam para evitar embarrigar e foi o que decidi tomar. Armand não tinha olhos azuis. Mas era francês. Podia parecer bobagem, mas eu preferia assim.

Três noites mais tarde, entrei em sua choupana. Ele já estava deitado. Tirei minha roupa e sentei-me sobre seus quadris. Ele me olhou, surpreendido. Eu sorri. E suspirei:

— Ah, Mossiê!

VII. RIO DE JANEIRO

Foi pouco depois da virada do século que Mossiê cismou de se mudar para a capital. Àquela altura, já éramos bem conhecidos. Trabalhávamos juntos. Vinha gente de longe para se tratar conosco. Pelo fato de ser cirurgião-barbeiro, e europeu, o Mossiê afastava o medo que as pessoas ricas tinham de se consultarem com benzedeiras.

— Meu trabalho é com os pobres, Mossiê — eu dizia.

— Mas, Dona Justa, existem muitos pobres na capital. Eles também precisam de nós.

Mossiê, agora, em nada lembrava o quase defunto que eu salvara cinco anos antes.

Vivia desfilando pela praia de Caravelas todo arrumado, com os bigodes encerados e retorcidos, conversando com os comerciantes. Quando eu ria dele, dizia, muito sério, que era um profissional liberal, um cirurgião-barbeiro, a escala mais alta de seu ofício. Barbeiros comuns só eram autorizados a fazer a manutenção de armas brancas ou aparar cabelos e barbas, ele me explicava.

— A barbearia em si, Dona Justa, não tem nenhum prestígio social. Não é o caso dos cirurgiões-barbeiros. Somos tão respeitados quanto médicos e advogados.

— Eu sei. Antes de você chegar, quando era preciso, a gente chamava o Tião Sangrador e...

— Não sou um sangrador. Nem um barbeiro de lanceta, como vocês gostam de chamar. Esses nomes são indignos do talento de um cirurgião, um profissional liberal.

Nessas horas, ele parecia mesmo ofendido. Não havia como negar. Mossiê era um bom homem, mas se perdia pela vaidade.

Assim que começamos a atender gente de mais posses, com o primeiro dinheiro que entrou, comprou uma nova maleta com instrumentos de trabalho e roupas que achava adequadas à sua posição. Nem por isso deixou de viver na palhoça ao lado da minha casa, no alto do morro, nem de atender a gente necessitada que nos procurava e nem de sair diariamente para colher folhas e cipós para meus trabalhos.

Mas, agora, lá vinha ele com aquela novidade. Ir para a capital. Era coisa dos comerciantes, que estavam atiçando a cobiça dele, eu sabia. Já fazia bem uns meses que ele vinha falando no assunto — e eu, desconversando. Até que um dia, ele me pegou de jeito.

Eu entrara na palhoça dele no meio da tarde. Fazia muito calor e o dia estava modorrento. Já tinha tomado um banho de cachoeira, mas continuava com aquela lassidão no corpo, que eu conhecia muito bem.

Parecia que ele estava sentindo a mesma coisa porque estava jogado na rede só com a camisa solta no corpo. Me aproximei, tirei minha roupa e montei em cima dele.

Eu já ia fechando os olhos, me entregando ao calor bom que se espalhava pelo meu ventre, quando ouvi sua voz rouca:

— Dona Justa, quer se casar comigo?

Meu corpo esfriou. Levantei-me cuidadosamente. Eu sabia que era mais uma tentativa de convencer-me a ir com ele para a capital.

O fato é que eu relutava em deixar a casa onde tinham vivido minha bisa, minha avó e minha mãe. Mas gostava do Mossiê. Estava acostumada à sua companhia doce e gentil, à sua admiração sem tréguas por meu conhecimento, à sua parceria. Se ele partisse sem mim, eu sentiria falta dele.

Se consultasse minha bisa Laudelina, ela diria que não, que meu lugar era ali. Mas em tantas coisas acabei fazendo juízo diferente do que fazia minha bisa. Por exemplo, estava ali, me deitando com um francês. Minha avó Catarina é que discordava mais dela. Por exemplo, a bisa detestava os padres. Dizia que eles tinham trazido o demônio para cá. Que, aonde chegavam, começavam a ver diabo em tudo, pecado em tudo, até todo mundo acreditar, até todo mundo só ficar falando disso o tempo todo, pensando nisso o tempo todo.

Vó Catarina dizia que não era bem assim. Que os padres eram ruins porque tinham poder demais. Mas a Vó gostava de Jesus, de Maria e dos santos todos, e os botava em seus benzimentos para dar mais poder a eles.

Numa coisa, no entanto, todas sempre concordamos. A vida das mulheres casadas era muito ruim. Bisa Laudelina dizia que casamento era coisa de padre. Que se fosse bom mesmo, eles não fugiriam do matrimônio. Isso não as impediu de terem seus filhos quando quiseram. Bisa Laudelina teve minha avó Catarina e Antônio — que sumiu no mundo assim que se viu adulto. Vó Catarina teve minha mãe — que morreu atacada por uma onça quando eu ainda era bebê. E eu também queria ter os meus, um dia, se fosse possível.

Mas não de francês, pensei, olhando para o homem deitado na rede. Por isso, continuava a tomar chá de salsa e poejo. Só uma vez o sangue do mês me faltou, mas resolvi com três dias de chá de losna.

— Dona Justa? — Mossiê interrompeu meus pensamentos.
— Desculpe. Estava aqui pensando.
— No vestido que vai usar? — ele brincou. Eu adorava quando ele ria assim, franzindo os olhos com malícia.
— Não — respondi, séria. — Quero dizer que vou consigo para a capital. Mas não me caso.

De certo modo, a vida no Rio de Janeiro foi mais fácil do que imaginei. Tudo era maior e mais movimentado, e também havia muito mais padres do que eu imaginara que pudessem existir. Mas nada disso nos incomodava. Construímos duas casinhas no meio do mato, no alto de um morro de onde se avistava o mar — exigência de Mossiê para que eu não me sentisse muito saudosa de casa. A parte baixa da cidade era apertada, populosa e suja demais para uma pessoa que, como eu, era acostumada a espaços abertos e limpos.

As casinhas no morro também eram boas porque eram de difícil acesso. Eu não gostava de estar no meio de muita gente. E a distância não era problema. Logo adquirimos uma mula para nos ajudar a subir e descer a encosta.

Mesmo encarapitados no morro, éramos muito procurados por conta dos contatos que Mossiê tinha feito por meio dos seus amigos comerciantes. Uma vez, no meio da noite, ouvimos cavalos se aproximando. Levantamos, assustados. Eram dois emissários do vice-rei, que pedia nossa presença com urgência.

Mossiê começou a arrumar suas coisas, enquanto eu permanecia parada. Não imaginava que dom Fernando José de Portugal e Castro, o Conde de Aguiar, necessitasse de serviços de rezadeira. Mas o emissário, meio embaraçado, pediu que eu fosse com eles.

— A presença do barbeiro não é necessária — disse o homem, fazendo Mossiê corar. — O vice-rei acredita estar sendo vítima de feitiço. É a senhora que tem que vir conosco.

Era a primeira vez que uma coisa daquelas acontecia. Eu nunca tinha sido chamada na casa de uma pessoa importante, muito menos de um nobre português. Por via das dúvidas, exigi que Mossiê viesse comigo. Eu sabia que, como europeu, ele seria mais bem recebido do que eu.

Entramos pela porta dos fundos e fui logo conduzida aos aposentos do vice-rei, que suava frio e apertava a barriga, numa cólica que dava para sentir a distância. Eu não sabia se precisava fazer alguma mesura, então me aproximei normalmente e pedi que ele me explicasse o que sentia.

O pobre homem estava pálido, com olheiras profundas. Entre gemidos, contou que tinha ficado tão irritado com um preto que não baixara os olhos à sua passagem que mandara surrá-lo.

— E, para dar uma lição àquele animal, supervisionei pessoalmente o castigo. Ele foi posto em praça pública e recebeu trinta chicotadas.

— Mas, se estava amarrado e sendo supliciado, como conseguiu lançar um feitiço no senhor Conde Vice-Rei? — perguntei, embora já soubesse de antemão o que o homem responderia.

— Pelos olhos, Dona Justa. Pelos olhos! — repetiu, com expressão alterada pelo pânico. — Quando já o estavam desamarrando do poste, antes de desmaiar, ele voltou a olhar no fundo dos meus olhos. No mesmo momento, senti a primeira pontada de cólica, como um punhal atravessando minhas tripas. Tive que voltar correndo para a carruagem para que não me vissem todo borrado. E desde aquele momento, não paro de me cagar. Já não me sai senão água pútrida e...

Com um grito, o vice-rei levantou-se a tempo de seu escudeiro encaixar um penico debaixo de sua bunda. Em meio a gemidos e grandes lamentos, o homem deixou-se esvair em líquidos.

Na praia de Caravelas, quase não se via disso. Mas, desde que chegara ao Rio de Janeiro, já tinha atendido mais de uma dúzia de casos de gente que se julgava enfeitiçada pelos que escravizavam. Os sintomas variavam, mas a causa era uma só: medo. Um pavor que se infiltrava em cada minuto da vida daquela gente branca cercada de africanos por todos os lados.

Nessas horas, sempre me lembrava da minha bisa Laudelina. Ela dizia que existe gente de todas as raças capaz das piores crueldades. Mas que o alcance da maldade está ligado ao poder que a pessoa tem. Um homem ruim consegue tornar a vida de umas poucas pessoas infernal. Uma mulher má atinge, no máximo, os membros de sua família. Mas quando a ação da pessoa vai além de quem está mais próximo dela a maldade se torna diabólica, espalha seus efeitos pelo mundo, se multiplica, vai se tornando pior sozinha, nem precisa mais da ajuda de quem a conjurou.

No caso do vice-rei, qualquer ato dele tinha efeito sobre a vida de todos nós. Talvez por isso tanta gente o odiasse. E talvez por isso, o medo dele fosse tão grande.

Só por desencargo de consciência, peguei meu facão de ferro, passei sete vezes pela chama da vela, esfreguei bem com a água macerada de arruda que eu tinha trazido e olhei para dom Fernando José de Portugal e Castro.

— O senhor pode se deitar e levantar a camisa? — perguntei, arriando o facão em cima de um pano branco.

O sujeito acenou para seu escudeiro. Logo, mais cinco homens entraram no quarto e se postaram dos meus dois lados e atrás de mim. Contive o sorriso, peguei o facão e o encostei na barriga inchada do vice-rei. Me concentrei.

Nada. Nem sinal de alma penada, de feitiço, de trabalho feito. A faca deslizava tranquila pela pele pálida e contraída. Rezei, pedindo aos espíritos da natureza que me mostrassem onde estava o problema. Mas nem precisava. A doença do homem era cagaço mesmo.

Peguei o terço, enrolei no meu pulso e fui fazendo o sinal da cruz sobre a carne mole do vice-rei enquanto pedia ao Sagrado Coração de Jesus que mostrasse seu poder e restabelecesse a saúde do homem. Ele relaxou. Botei uma vela acesa em sua mão direita e recomendei que não se levantasse até que ela tivesse acabado de queimar. Garanti que, quando isso acontecesse, ele estaria completamente curado.

Olhei para Mossiê, que, desde o início, se mantivera quieto em seu canto, e chamei:

— Vamos. Nosso serviço está terminado.

O sucesso da cura do vice-rei transformou-se em um problema. A trilha íngreme que serpenteava morro acima até nossas casas passou a estar sempre ocupada por cavalos e mulas de gente branca e poderosa que se julgava vítima de sortilégios africanos.

Mossiê estava entusiasmado com a fortuna que conseguíamos amealhar. Ou que eu conseguia, que fique bem claro. No começo, assustada, comecei a me esconder nos fundos do quin-

tal quando eles se aproximavam. Mas, em vez da dificuldade em me encontrar e desestimular os poderosos, aconteceu o contrário. Começaram a oferecer mais dinheiro, mais confortos.
Tivemos uma briga séria. Avisei a Mossiê que pretendia voltar para minha terra. Ele não conseguia compreender o problema que tanto me angustiava. E eu não conseguia explicar. Alguma coisa dentro de mim dizia que aquilo não era certo. Que eu não tinha vindo ao mundo para ajudar gente poderosa e branca a perder o medo de espalhar o mal pelo mundo.
— Mas a senhora só curou a dor de barriga do vice-rei! — Mossiê me dizia, espantado. — Não é isso que devem fazer as benzedeiras? Curar qualquer pessoa que as procure? — ele indagava, e me deixava ainda mais confusa.
O problema é que algumas pessoas jamais ficavam curadas. O vice-rei era uma delas. Não se passavam quinze dias sem que me chamasse. Sempre apavorado, sempre se julgando enfeitiçado. Em nenhuma das vezes descobri magia de verdade. Mas percebi nele uma moléstia de alma mais comum do que se imagina: a pessoa que envenena a si própria. Não é preciso muito. Basta permitir que a ira tome conta de sua alma. Acessos de ira abrem o campo de proteção das pessoas e atraem todo tipo de espírito destrambelhado que anda por aí. Eles grudam na pessoa, feito sanguessugas, e vão deixando o vivente cada vez mais irritado.
Sempre me impressiona como os poderosos conseguem transformar as próprias vidas em infernos, por meio de crises que poderiam evitar. Tudo é motivo para que a raiva lhes suba à cabeça. O mundo, para eles, é um vasto território cheio de gente pronta a ofendê-los não reconhecendo sua superioridade. Eu já estava cansada de tratá-los e, pouco tempo mais tarde, ser chamada novamente porque uma preta não botou a cadeira no

lugar onde deveria ter botado, ou porque um mercador não lhe dispensou o tratamento que julgava merecer, e disse isso a Mossiê com toda a clareza.

Minha bisa Laudelina tinha a cabeça erguida. Tinha poder de verdade. Sua pele era escura, era rejeitada por padres e autoridades, mas nunca a vi tendo ataques de raiva porque alguém não reconheceu sua autoridade. A autoridade espiritual ou moral de uma pessoa não precisa de reverências para ser legitimada. Ela se revela sozinha. Não era o que acontecia com aquele bando de galegos presunçosos. Eles não tinham autoridade nenhuma. Por isso, necessitavam validar seu poder o tempo todo. E eu não gostava nem um pouco de ajudá-los nessa difícil missão.

Havia ainda outro motivo para minha relutância. Eu andava sem tempo. Sem que ninguém soubesse, nem Mossiê, eu tinha resolvido aprender a ler. Passava todo o meu dia tentando ler uns jornais, descobrir as letras e os sons. Já estava fazendo progressos.

Mossiê insistia e a gente brigava. Um dia, estávamos aos berros quando chegou mais uma parelha de cavalos à nossa porta. A baronesa Dona Vidinha estava com problemas em seu primeiro parto. Pedia minha presença com urgência.

Já havia mais de três dias que a pobre sofria as dores e nada da criança sair. Ao redor de sua cama já se encontravam um médico e uma parteira, ambos portugueses, de acordo com as exigências da baronesa. Tinha pavor dos selvagens — como chamava os habitantes do Brasil — e não queria que nenhuma daquelas criaturas tocasse seu corpo.

Foi por esse motivo que só me chamaram quando ela já estava quase morrendo e carregando o bebê consigo. Os lábios da mulher estavam roxos, a pele gelada, e já não dizia mais coisa com coisa.

Nem assim minha entrada na casa foi tranquila. Eu podia sentir todos os olhares convergindo para minha figura, para minhas roupas pobres, para o tom da minha pele, tão inexplicável para todos eles. Ninguém conseguia dizer, com certeza, se eu era meio branca, meio negra ou meio indígena. Ou "arrab", como dizia Mossiê quando acariciava meus olhos, segundo ele, olhos de Oriente.

Só mais tarde eu soube que minha presença ali havia sido motivo de árduo debate entre o barão e uma das primas de Vidinha. Quando a moça, seriamente preocupada com a prima, sugerira que me chamassem, o barão a chamou de louca.

— A senhora está brincando? Quer entregar sua prima nas mãos de feiticeiros? — O homem arregalou os olhos diante de tamanho absurdo.

Mas a moça insistiu:

— Senhor Barão, essa moça que chamam de Mãe Justa e o cirurgião francês Armand Maurois têm feito milagres na cidade.

— Pois então chame só o cirurgião — arrematou o barão.

A prima suspirou. Se ela própria não tivesse visto os dois juntos em ação, não insistiria. Mas um completava o que o outro fazia. E quase sempre os doentes saíam curados, embora os tratamentos, às vezes, fossem considerados exóticos demais pelos europeus.

O barão não se convencia.

— Isso é curandeirismo. Não vou permitir que feiticeiros se aproximem da baronesa.

Foi quando a moça lançou o argumento decisivo:

— Semana passada, os dois foram chamados pelo próprio vice-rei.
Na verdade, só eu tinha sido. Mas as histórias corriam. E o fato é que, mal desembarcavam em solo tropical, os portugueses contraíam doenças que nenhum médico europeu conseguia curar. Se os médicos não resolviam, nós curávamos.
A prima viu que o barão tinha ficado impressionado. Tomando coragem, prosseguiu:
— O vice-rei ficou tão agradecido aos serviços dos dois — a prima frisou bem o "os dois" — que doou uma sesmaria para o francês.
De fato, era uma ótima referência. Só por curiosidade, o barão perguntou:
— E o que um cirurgião-barbeiro e uma curandeira fariam com tanta terra? Como pretendem cultivá-la?
— Não foi só a sesmaria — disse a prima de Vidinha. — Eles ganharam também uma centena de pretos jovens e sadios, presente do vice-rei.
Agora, o barão parecia impressionado mesmo. Mesmo assim, ficou um tempo cismado, coçando a barba — em parte por hábito, em parte por causa da praga de piolhos que tinha infestado a casa e deixado sua barba salpicada de lêndeas brancas.
Por fim, concordou:
— Pois chamem a mulher.

Assim que entrei no quarto abafado, oito pares de olhos se arregalaram. Eu sabia que minha figura impressionava e impunha até algum temor. Eu era alta demais para uma mulher. Meu corpo ainda parecia maior por causa de minha única vaidade: com o dinheiro que ganhamos, eu havia comprado mais uma saia para dar mais volume ao meu corpo meio mirrado.

— Boa tarde — saudei.

Sem pedir licença, fui abrindo espaço entre as mulheres e me dirigi à cama onde a baronesa agonizava.

Pedi que todos se afastassem, botei a mão sobre a barriga da mulher, fechei os olhos e pedi a meus guias e a Deus que me ajudassem a enxergar onde estava o mal para poder arrancá-lo dali. Eu ouvia, como se viesse de muito longe, o zum-zum das primas e do médico no quarto. Uma cochichava que eu parecia doida. O médico falava em interromper o transe. Outra dizia que estava com medo, que eu era bruxa.

Tudo isso estava distante. Eu também não estava mais ali. Meu corpo já não era meu, balançava suavemente por mares invisíveis e chamava os grandes curandeiros espirituais para realizarem seu trabalho. Eu flutuava numa nuvem translúcida e foi ali que vi a baronesa, já boiando no limbo.

— O que lhe fizeram? — perguntei.

Para surpresa de todos que já a julgavam morta, ela respondeu com a voz clara, sem abrir os olhos:

— Me fecharam.

Parte das mulheres estava fascinada; outra parte olhava com uma desconfiança que beirava o pavor. Quando parei de cantar, o burburinho das mulheres pareceu alto demais. Constrangidas, as primas se calaram e um silêncio pesado instalou-se no quarto. Todas olharam para mim, esperando alguma coisa que ninguém sabia bem o que era. Vidinha ainda parecia morta.

Mas eu já sabia onde estava a causa de tudo aquilo. Em um canto do quarto, uma arca de madeira ricamente trabalhada me atraía. Fui até lá.

— O que tem aqui dentro? — questionei.
— Aí está guardado o vestido de noiva de Vidinha.
— Me ajudem a levantar a tampa — pedi.

Não era fácil. Parecia que uma energia sobrenatural tornava a tampa mais pesada. Foi preciso juntar as forças de cinco mulheres para, finalmente, desvendar o conteúdo da arca.

Qualquer pessoa só veria ali inúmeras camadas brancas de seda e filó. Mas eu sabia o que procurava. Sob o olhar espantado das mulheres, mergulhei a mão no meio dos ricos tecidos e vasculhei até agarrar uma coisa mole e fria. Quando puxei, veio um sapo.

As mulheres gritaram.

A respiração do bicho era agonizante. Os olhos já estavam fechados. O mais impactante, porém, era sua boca, que estava costurada com pontos bem apertados.

— Tragam uma tesoura aqui, rápido — gritei.

Todas as mulheres correram ao mesmo tempo.

Quando meti a lâmina entre os grossos fios negros que prendiam a boca do bicho, senti que ele voltava a respirar. Enfiei os dedos em sua goela e descobri ali uma bola de papel amassado onde estava escrito:

Na hora de dar à luz seu rebento, que o corpo de Vidinha, nascida Vitalina, fique tão fechado quanto a boca deste sapo.

Embora as primas se amontoassem à minha volta, olhei para o fogareiro onde se fervia a água de molhar os panos que serviam no parto. No meio das chamas, vi uma moça magra, com um sorriso maldoso, sentada diante de uma mesa trabalhada e escrevendo alguma coisa que não conseguia ver o que era.

Mas nem precisava.

Já sabia o que tinha ali.

Sem titubear, fui até o fogareiro e joguei o papel às chamas dizendo:

— Pegue de volta aquilo que é seu.

Na mesma hora, ouviu-se o choro forte de um menino chegando ao mundo.

Era desse tipo de serviço que eu gostava, era isso o que eu sabia fazer: devolver às forças do bem aquilo que estava sendo drenado por uma corrente do mal.

Enquanto eu limpava o menino, e fazia o sinal da cruz sobre sua testa para afastar qualquer malignidade, o quarto começou a se encher com as outras primas de Vidinha, tias, curiosas, uma multidão.

Estavam todas ali, menos uma.

Uma vez cumprida minha missão, parti. Nem precisei esperar para saber o que tinha acontecido. Já tinha visto na chama do fogareiro.

No exato momento em que Vidinha acordava, uma moça magra e invejosa se contorcia levando a mão à garganta.

Seu corpo só foi encontrado na manhã seguinte.

Ao que parecia, a moça tinha se sufocado com um caroço de ameixa.

Sim, também existia trabalho real para as rezadeiras, mesmo no Rio de Janeiro.

VIII. A FAZENDA FRANCESA

A história da sesmaria não era boato. De fato, em uma das (muitas) visitas que fizemos para atender à delicada saúde do vice-rei, ele, agradecido, disse a Mossiê que lhe concederia uma porção de terra e mais uma centena de pretos jovens e saudáveis para cultivá-la.

O problema é que a promessa não saiu da palavra.

Pouco tempo mais tarde, dom Fernando José de Portugal e Castro foi substituído pelo conde dos Arcos, dom Marcos de Noronha e Brito, e Mossiê viu sua porção de terra esvair-se em sonhos. O novo vice-rei não parecia nem um pouco inclinado a abrir mão de seu médico português para chamar em seu lugar um francês e uma mestiça.

Então, subitamente, Mossiê me disse que concordava em sair do Rio de Janeiro.

— Mas só por causa da sesmaria? — perguntei. Não fazia sentido. Mossiê ganhava muito mais dinheiro no Rio de Janeiro do que jamais ganhara em sua vida inteira, ele mesmo não se cansava de dizer.

— Dona Justa, a senhora não percebeu que nossa clientela está diminuindo?

De certa forma, sim. Os portugueses mais ligados à Corte, de fato, vinham nos solicitando cada vez menos desde a saída de dom Fernando. Mas só eles.

— Não tinha botado reparo nisso — respondi. — Será por causa do novo vice-rei?

Mossiê abanou a cabeça.

— É por causa de Napoleão.

Eu já tinha ouvido aquele nome, mas não me lembrava de onde.

— Quem é esse?

— Um imperador francês. Temo que a situação entre França e Portugal se torne pior do que já está. E, neste caso, será melhor ficarmos longe da capital.

Poucos dias mais tarde, o comerciante Marino e sua esposa jantavam em minha casa. Digo "minha casa" porque no Rio de Janeiro eu e Mossiê mantivemos o mesmo arranjo que funcionava tão bem na Praia das Caravelas. Eu morava na casa maior, que tinha espaço para meu catre, meu material de trabalho e uma boa cozinha. Mossiê, como não fazia comida nem armazenava tantas garrafadas, ervas secas, vidros e ingredientes para feitiços quanto eu, ficava numa palhoça pequena, com seu catre e sua rede, poucos metros adiante.

Além de ser um dos melhores amigos de Mossiê, desde os tempos da praia das Caravelas, Marino era uma dessas pessoas talhadas para sua profissão. Em nossos primeiros meses no Rio de Janeiro, fora ele quem me abrira portas que seriam inexpugnáveis para uma benzedeira. Foi também graças a ele que a fama de Mossiê cresceu tão rápido. Quando estava de bom humor, Mossiê o apelidava de A Chave. Quando estava de mau humor, de Peixe Ensebado.

E, naquele dia, Mossiê cuspia marimbondo pelas ventas. Falava sem parar que teria que abandonar o Rio de Janeiro sem ver sua prometida sesmaria. Não sabia qual seria seu futuro. Acabaria enterrado em algum fim de mundo. Falava em retornar à França.

Marino, por seu lado, parecia mais interessado na cotia que eu assava. Era bom de garfo. E adorava a comida lá de casa. Por isso, deixou Dona Ana, sua esposa, ocupada com Mossiê e foi se chegar a mim na beira do fogo.

— A senhora acha mesmo que há risco de Armand voltar para a França?

Eu não tinha certeza, mas talvez houvesse sim. Ele estava muito perturbado com as hostilidades crescentes entre seu país e Portugal.

— Isso não faz sentido — disse Marino. — O príncipe D. João VI trouxe vários artistas franceses em sua comitiva.

Era verdade. A cidade estava uma bagunça desde a chegada da Corte portuguesa e não passava um dia sem que um boato novo surgisse. Naquele dia mesmo, parece que um dos franceses tinha arrumado uma confusão no meio da rua.

— Trouxe — assenti. — Mas é tudo artista. O príncipe não vai dar terra para nenhum deles.

Marino quedou pensativo. Eu e Mossiê tínhamos salvado sua vida, muitos anos atrás, ainda na praia das Caravelas. Depois disso, já tínhamos cuidado dos quatro partos de sua mulher, de suas severas crises de dor de cabeça, das lombrigas das crianças, eu tinha tirado seu primogênito das garras da Morte e não sei quantas vezes socorremos sua família. Eu sabia que ele não queria nos ver longe do Brasil. Por isso, aumentei a questão.

— Já conversamos sobre isso. Se Mossiê for mesmo para a França, vou com ele.

O comerciante franziu a testa.

— Vou ficar atento. Se houver alguma chance de conseguirmos a terra, vou encontrá-la.

— Mas como é que alguém vai doar terra para um francês no meio de uma guerra? — Para mim, aquilo não fazia sentido.

Marino fez um gesto com a mão, que não queria dizer nada, e mergulhou o nariz nas panelas.

Cerca de dois meses mais tarde, no meio da noite, fomos acordados por um tropel de cavalos. À frente, vinha Marino, ladeado por oficiais mais emplumados do que eu estava acostumada a ver. Faziam parte da guarda pessoal de D. João VI, como vim a saber mais tarde.

— Dona Justa, a senhora precisa vir comigo — disse Marino, e mal entrou em minha casa. — É missão de sigilo extremo — acrescentou, baixando a voz.

Naquele momento, Mossiê chegou, já arrumado e com sua maleta na mão. Rapidamente, Marino o puxou para os fundos.

— Por amor a Deus, desapareça daqui. Os oficiais do Príncipe Regente não podem nem sequer suspeitar que há um cirurgião francês por perto — cochichou o comerciante.

A decepção de Mossiê foi tão profunda, quase pude ver seu rosto passando de pálido para acinzentado. Aquilo devia doer muito nele. Acompanhei os cavaleiros com o coração apertado.

— Para onde estamos indo? — perguntei.

— Para a residência de um dos camareiros mais prezados por D. João, Francisco Rufino. Foi o próprio Príncipe Regente quem me pediu uma pessoa de extrema capacidade e confiança para tratar do rapaz.

— E por que não chamaram um médico português?

— Chamaram. Dois. Mas nenhum deles conseguiu resolver o problema.

— É caso de feitiço?

Marino fez que não com a cabeça.

— Um problema no braço.

E mais não disse. Permanecemos em silêncio até chegar à bela casa onde se alojara o camareiro. (Realmente, devia ser o preferido de D. João, pois as acomodações eram bastante suntuosas. Como soube mais tarde, já na cozinha, ceando, a casa pertencera a um dos comerciantes mais ricos da cidade e fora expropriada para servir de moradia ao amigo do Príncipe Regente.)

E lá estava o homem, em uma sala íntima, esparramado na poltrona, descorado de dor. O braço direito estava tão inchado que não entrava mais nas camisas e pendia, nu e vermelho, ao longo do tronco. O ar de sofrimento não tirava a beleza do rosto do rapaz, que parecia ter sido desenhado por um dos melhores pintores da Corte. Ao lado dele, sua jovem esposa, Mariana Leocádia, me cumprimentou de modo seco. Era evidente que minha presença na casa a incomodava.

— Há quanto tempo Vosmicê está assim? — perguntei.

O problema tinha começado cerca de um mês antes, explicou o jovem. Os médicos o estavam tratando com sangrias e láudano, que faziam a dor passar, mas não curavam.

— Pelo contrário — esclareceu Mariana. — A dor melhora, ele vai para o palácio cuidar do príncipe e volta pior do que estava antes.

Antes que eu perguntasse mais alguma coisa, ela acrescentou, torcendo as mãos:

— É por isso que tenho certeza de que isso é feitiço. Tem muita gente com inveja do meu marido. Fazem intrigas, inventam coisas. Tudo porque D. João não dispensa sua presença.

Naquele momento, flagrei uma troca de olhares entre as duas pretas que estavam junto à porta, a postos para qualquer necessidade. A mais jovem se esforçava para prender o riso. Eu não gostava de julgar ninguém, mas a cena me pareceu suspeita.

Peguei minha faca de trabalho, lavei-a bem em água de saião e encostei-a no braço do rapaz, que até então não dera uma única palavra. Nem precisei me concentrar muito para que uma sucessão de imagens invadisse minha mente. O problema é que as mirações não faziam sentido. Eram lúbricas, lascivas. Não eram como as de quem fazia sexo com pureza e vontade, como os animais. Traziam consigo uma sensação pesada de pecado, de palavraria de padre, um fedor de sacristia.

Feitiço mesmo, não havia. Mas o estado de alma do rapaz, consumido pelo medo do inferno, funcionava como um chamariz para espíritos perturbados. E eles vinham rindo e debochando, se esfregando no corpo cada vez mais doente do pobre portuguesinho.

Não era aquilo que o adoecia. Mas dificultava a cura. Era preciso limpar sua parte espiritual antes de atacar o problema físico.

Pedi que preparassem um local para os banhos. Nada de tina. A água que lavava o corpo não podia ficar empoçada nos pés. Melhor se fosse no quintal, para que fosse absorvida pela terra. Foi a primeira vez que vi o rapaz esboçar alguma reação. A faca não o assustara. Mas foi falar em água... Nobres portugueses costumavam rejeitar tratamentos que envolvessem banhos. Para eles, a água não limpava, pelo contrário, trazia malefícios. Mas não tinha outro jeito. E acho que fui firme o suficiente, porque dona Mariana Leocádia tomou a frente e mandou que fizessem o que eu dizia. Precisava esquentar uma água para o banho de sal, ferver outra para o de aroeira e, depois, cozer um inhame grande para fazer emplastro. Pedi licença à dona da casa e me enfiei na cozinha junto com as pretas. Queria assuntar melhor a troca de olhares que percebi minutos antes.

Rita, a mais jovem e falante, logo me deu o que comer e me encheu de perguntas a respeito do desmanche de feitiços. Era nascida no Rio de Janeiro, tinha sido batizada na Igreja Católica e perdera contato com a sabedoria de seus antepassados. Com jeito, fui assuntando e descobrindo que ela nem fazia ideia de como produzir encantamentos. Do que tinha rido, então?

Mais um pouco de prosa e elas foram se soltando.

— Não posso dizer com certeza porque não vi — entregou a mais velha, quase se engasgando de vontade de gargalhar enquanto enchia uma tina com água para esquentar...

Cortei o ar de troça do ambiente.

— Isso tudo é muito sério. Quem tiver informação que possa ajudar a curar o sinhozinho tem que dizer. Do contrário, pode pegar doença pior do que a dele.

A risadaria cessou. Fez um silêncio pesado na cozinha. Foi Rita quem me deu a chave do problema. Mas de uma maneira muito esquiva.

— Mãe Justa, o problema do sinhozinho é cansaço no braço...

Novamente, risadas contidas pipocaram pela cozinha.

— A gente não viu a cena, mas todo mundo sabe. O príncipe é louco pelo sinhozinho porque ele é o único que tem o jeitinho certo de...

Agora, não tinha mais jeito. Gargalhadas espocaram pelo ambiente. Ninguém tentava nem sequer disfarçar.

— Jeitinho de quê, criatura? — perguntei, sem entender mais nada.

Uma senhora mais velha, que até então se mantivera afastada, nos fundos do ambiente, aproximou-se.

— Moça, parece que o príncipe tem um problema de demasia de semente. Todo dia, alguém precisa fazer a... ordenha nele para que libere aquilo que tem em excesso.

Continuei sem entender. Foi preciso que Rita pegasse uma raiz de mandioca de bom tamanho, a envolvesse com a mão e começasse a fazer movimentos de vaivém. Arregalei os olhos.

Deixei o rapaz com o braço enfaixado e a recomendação de que só lhe retirassem as ataduras para fazer cataplasmas de inhame bem quente a cada seis horas.

Quando retornei, dali a sete dias, Dona Mariana Leocádia me recebeu com um sorriso. Seu marido já estava bem melhor. Recomendei que continuasse o tratamento até que estivesse completamente restabelecido. Até lá, nada de trabalho.

Não me lembro quanto tempo transcorreu até nova visita de Marino. Duas luas, talvez. Mas, desta vez, ele vinha sorridente. Mal apeou de seu cavalo, já foi gritando pelo nome do Mossiê:

— Armand! Armand! Corra aqui que a notícia é boa!

Ainda na entrada de terra batida, tirou um papel grande da algibeira.

— Sabe o que é isto?
Sem esperar que Mossiê respondesse, completou:
— É a tua sesmaria, homem!
Entramos falando ao mesmo tempo, alegres e nervosos. Deixei os homens à mesa e fui até a casa de Mossiê buscar um vinho para comemorar. Do lado de fora, ainda escutava suas risadas e vozes altas.

No entanto, quando retornei, poucos minutos mais tarde, tudo era silêncio. Um silêncio pesado, opressivo, que só foi cortado pelo som de um murro na tábua que nos servia de mesa — um dos luxos do Mossiê. Dentro de casa, ele encarava, lívido, o papel em suas mãos. Tremia. Mal conseguia falar. Marino o olhava, estupefato.

— Por amor a Deus, homem, se acalme!
— Você me traiu — disse Mossiê, sem tirar os olhos do documento.

Larguei a garrafa de vinho em cima da mesa, peguei uma de conhaque com melissa, botei uma talagada na caneca e a entreguei a Mossiê.

— Beba isso. O senhor está nervoso demais.

Mossiê virou a bebida de um gole só. Depois, estendeu o documento na minha direção. Tentei ler, mas tinha muitas palavras que eu não conhecia, numa caligrafia retorcida de documento oficial. Devolvi o papel a ele, que me olhou espantado.

— Qual é o nome que a senhora lê aí, Dona Justa?

Balancei a cabeça. Não via nome nenhum.

— Aqui está escrito Marino Fausto Oliveira e não Armand Maurois — gritou ele.

— Por que não tem o nome de Mossiê aqui? — perguntei, surpresa, me dirigindo a Marino.

O homem suspirou e abanou as mãos em sinal de desalento.

— Doar uma sesmaria a um francês, na atual conjuntura política, seria um escândalo — explicou. — Achei que seria mais fácil conseguir uma em meu nome e, mais tarde, com a situação mais calma, passá-la para o nome de Armand.

— E como o senhor a conseguiu? — perguntei.

Ele abriu um sorriso.

— Quem conseguiu foi a senhora.

Olhei para ele, intrigada.

— Eu tinha certeza de que se a senhora curasse o camareiro preferido de Sua Majestade, ele me daria a sesmaria.

Este era Marino, o comerciante, sempre atento às oportunidades. Acabei sorrindo.

— E quando a terra vai para o nome do Mossiê? — perguntei.

— Assim que a situação se acalmar — garantiu ele. — Já conversei pessoalmente com o Visconde de Ouro Fino, que é dono de cartório. A única coisa que Armand precisa fazer o quanto antes é se mudar para lá e tornar a terra produtiva.

IX. A SESMARIA

Não pensei que a terra de Mossiê ficasse tão longe do Rio de Janeiro. Na verdade, nunca pensei muito no assunto. Mossiê falava na terra havia tanto tempo que eu nunca tinha me dado conta de que não sabia direito o que era uma sesmaria. Era uma porção enorme de terra, me explicaram ele e Marino. Mas, dizendo assim, tudo fica muito imaginativo.

Já tinha visitado fazendas imensas, com os olhos perdendo a vista pela plantação de cana. Mas então eram terras já domadas. O que encontraríamos pela frente era mato selvagem. Além disso, eu nunca tinha ouvido falar de fazendas de café. A cana, eu sabia que funcionava. Mas café?

Eu conhecia plantas. Já tinha visto um pé daquilo num jardim. Como Mossiê já falava do seu ouro verde o tempo todo, peguei uma frutinha vermelha, meti na boca e mordi. O gosto era horrível. Não era possível que alguém fizesse fortuna com uma coisa daquelas.

Então, eu ia pensando e chacoalhando na carroça sem saber muito bem o que esperar. Minhas pernas estavam dormentes. Não dava para esticá-las sem esbarrar nos três baús que dividiam o espaço comigo. Eram minhas coisas, minhas garrafas, meus cadernos, minhas panelas, meus panos. Era muito tempo subindo montanha.

Finalmente paramos, mas ainda estávamos longe do destino. Íamos pernoitar numa fazenda situada no meio do caminho. Uma fazenda de cana, com seu engenho, tudo do jeito como eu conhecia.

O dono veio receber Mossiê e Marino pessoalmente e levou os dois para a casa grande. Eu soube logo que dormiria na carroça, mas não liguei. Só de ter um piso que não chacoalhava para me deitar já estava bom. Saltei e andei um pouco para esticar as pernas. Logo chegou um moleque me trazendo uma refeição. Tinha frango, pão e milho, mais um quartinho de pinga para ajudar a suportar o frio da noite. Tudo muito bem-feito, quente e gostoso.

Enquanto comia, interpelei o moleque. Queria saber se ele conhecia alguém que tivesse estado na fazenda desde o começo.

— Só sei de Vô Firmino — disse ele.

Fui atrás de Vô Firmino. Assim como outros mais antigos, ele não dormia em senzala, mas numa choupana própria. Bati palmas à porta, ele abriu. Me deu um sorriso. Entrei.

Ali dentro, só uma esteira de palha no chão, uma trouxa ao lado e uma moringa com água. Tudo muito apertado, mas Vô Firmino tinha sua privacidade. Era um luxo.

Já sentada na esteira, perguntei como foram os primeiros tempos. Ele riu.

— Vassuncê não faz ideia de como foi complicado. Era muito mato e o sinhozinho queria ver uma plantação de cana brotar ali da noite pro dia. Mato, mato mesmo. Muita árvore alta, de tronco grosso...

Vô Firmino foi contando e pintando um cenário que me dava até medo, de tão realista. Saí de lá me perguntando de onde o Mossiê ia tirar conhecimento pra fazer tudo aquilo. Ainda por cima para plantar café, que era uma coisa que ninguém sabia como plantava.

Horas mais tarde, eu ainda tinha a voz de Vô Firmino grudada nos meus ouvidos... "Depois de derrubar, teve que limpar o terreno. A gente nem tinha onde botar tanto tronco. E a terra toda revirada... Aí, chovia e tudo virava lama. Olha, vou contar pra senhora, não foi fácil não..."

— Onde fica sua sesmaria, Mossiê?
— No Vale do Paraíba, Dona Justa. A senhora vai gostar.

Ele e Marino, acompanhados por uns tantos pretos, tinham estado na fazenda uns 40 dias antes da minha ida. Segundo Mossiê, já haviam construído uma casinha para que eu não ficasse ao relento quando chegasse.

Mas, à medida que a terra passava por baixo das rodas, eu começava a matutar. Quando chegamos ao alto de uma colina, Mossiê estendeu o braço, fazendo um movimento em semicírculo.

— Dona Justa, tudo o que a senhora está vendo à sua frente será a Fazenda Francesa, a maior plantação de café que esta terra já viu.

Aí, eu entendi o que Vô Firmino queria dizer. Tudo o que eu via à minha frente era a mata. E não era a mata rala da minha infância não. Era um campo fechado, as árvores enormes muito juntas umas das outras, formando um tapete verde compacto. Numa coisa, o Mossiê tinha razão: era muita terra.

A carroça se embrenhou por uma picada recém-aberta até chegar à margem de um riacho tão minguado que nem nome tinha. Subimos pela beirada lamacenta até o ponto em que ele se encontrava com o Rio dos Afogados, um dos afluentes do Paraíba. Dali, recuamos por outra picada até o meio do mato, onde se erguia a que seria nossa primeira casinha — e muitos anos mais tarde, a casa onde Claudionor viveria com Jurema.

— Não foi possível levantar a casa mais próxima do rio — explicou Mossiê. — Ele é traiçoeiro. Parece manso, mas, quando chove, sobe muito.

Saltei e olhei em torno. Os quatro pretos que nos acompanhavam também saltaram e pareciam tão espantados quanto eu. Todos eram propriedade de Marino, nascidos no Rio de Janeiro e, pelo visto, nunca tinham visto uma floresta antes. Estavam acostumados aos trabalhos domésticos e às quitandas.

Mossiê torcia a ponta de seu bigode encerado e suspirava de satisfação enquanto se embrenhava pela mata com enorme dificuldade.

— Vamos transformar tudo isso em uma grande plantação de café, Dona Justa — dizia ele enquanto brigava contra os cipós e troncos que teimavam em impedir sua caminhada.

Às vezes, eu temia pela falta de senso de Mossiê. Ele era um cirurgião, um homem da cidade. Não entendia nada de terras. E, embora lidasse com corpos de pessoas, eu já tinha tido provas de que ele não entendia nada de gente.

Transformar uma sesmaria em fazenda ia ser tarefa de imensa dificuldade. Não bastava derrubar a mata — o que por si já não seria fácil. Era preciso também construir casas, tratar o solo e iniciar uma plantação. Tudo isso dependia de trabalho escravo. Lembrei-o disso, mas Mossiê estava tão satisfeito que tinha resposta para tudo.

— A senhora esqueceu que o príncipe doou também cem pretos jovens? E não são desses que já estão cansados de trabalhar a terra dos outros, não. São novos, recém-desembarcados.

Para os donos das terras, parecia muito natural que eles chegassem às fazendas e começassem a trabalhar imediatamente. Mas, para os cativos, não era assim. Muitos deles nunca tinham visto uma plantação. Aliás, muitos deles jamais tinham tido contato com a terra: eram artesãos, sacerdotes, guerreiros, nobres. Tinham uma história pregressa que costumava ser ignorada por aqueles que os haviam escravizado. Mas isso eu só fui saber mais tarde. Naquele momento, eu acabara de abrir a porta da casinha onde moraríamos provisoriamente. Deparei-me com um ambiente muito semelhante ao de nossas moradias no Rio de Janeiro. Um único cômodo e algumas esteiras. Nem mesmo o fogão tinha sido construído. Na carroça, trazíamos alguns baús com utensílios e roupas, além dos cavaletes e da tábua que nos servia de mesa. Mossiê continuava falando sem parar:

— ... vou pedir imediatamente a Marino que envie os cem pretos para cá e...

— Onde vamos botar essa gente toda? — perguntei, interrompendo sua fala. — Aliás, onde vamos alojar os quatro que vieram conosco?

Ele parou de falar e olhou para mim com a expressão vazia. Não tinha sequer pensado no assunto.

Isolados de tudo, levamos cerca de um mês para botar a casinha para funcionar. Foi preciso erguer um abrigo para os pretos, capinar uma roça, comprar galinhas e dois porcos para criar, montar o galinheiro, o cercado dos porcos, a baia dos cavalos e o fogão.

A falta de experiência de Antônio, Rufino, Sebastião e Maria não ajudava. Eu entendia mais de roça e construção do que eles. Além disso, retornariam ao Rio de Janeiro assim que os outros chegassem. Estavam ali de empréstimo. Maria tornou-se especialmente chegada a mim. Queria aprender a usar ervas para cura. Era uma menina de 17 anos, magra e esperta.

Senti sua falta quando partiu, o que aconteceu seis meses mais tarde, quando a roça já dava milho, mandioca e abóbora, e as galinhas já tinham se multiplicado. Para que isso acontecesse, evitamos comer os ovos. O rio era abundante em peixes. Montamos uma pequena casa de farinha, que fornecia o suficiente para nosso sustento e ainda permitiu que começássemos a formar um estoque. Já começávamos a quebrar o milho seco para guardar. Eu não tinha a menor ideia se aquilo seria suficiente para alimentar cem bocas. Mas logo chegou carta de Marino avisando que precisávamos nos apressar se quiséssemos aproveitar a oferta do príncipe, sob pena de perdermos a oportunidade. Mossiê não pensou duas vezes. Já ia escrever que viessem quando me meti no assunto.

— Pelo amor de Deus, homem, onde vamos botar toda essa gente? Tente negociar, por favor. Peça que venham só trinta agora e o resto daqui a três meses. Não vamos conseguir cuidar de toda essa gente.

Mossiê se irritou.

— Gente? A senhora fala "gente" como se fossem iguais a nós. São pretos, Dona Justa!

Também levantei a voz:

— Eles precisam comer como nós, dormir como nós! Ou não? Sem isso, vão morrer aqui nesse fim de mundo, se não acontecer coisa pior.

— Trinta, então? — ele hesitou.
— Trinta — confirmei.

A leva de trinta era composta, principalmente, de bantos e iorubás — que eram mestres nas técnicas de construção com terra crua. Nenhum deles falava português, mas graças a eles, foi possível construir a primeira parte daquele que viria a ser o casarão senhorial, ampliar a roça e a criação de animais.

Chegou um dia em que foi inevitável a chegada do restante da escravaria. Eu não costumava prestar atenção a dias e meses, mas nunca esqueceria o dia da chegada do grupo.

Ainda era de madrugada. Eu estava na cozinha do casarão em obras quando ouvi o som de cascos de cavalos se aproximando. Cavalos cansados. Logo em seguida, vinha o rangido de rodas de carroça. Por fim, um chiado cadenciado, um barulho estranho e cavo que eu nunca tinha escutado antes. Era o ruído de dezenas de pés arrastados no chão de terra batida.

Corri para a porta a tempo de ver a chegada da procissão macabra.

À frente, vinham dois capitães do mato montados em cavalos fortes e vigorosos. Logo atrás, quatro carroças abarrotadas de cativos eram puxadas por cavalos exaustos. O grupo mais numeroso vinha a pé, produzindo o som de pele rasgada contra a terra que me provocava arrepios.

A fazenda era separada da capital por cerca de sessenta horas de viagem. Imaginei que as carroças estavam sendo usadas para carregar aqueles que tombavam pelo meio do caminho — até que recuperassem as forças, fossem devolvidos ao chão e substituídos por outros que já mal conseguiam andar.

A procissão passava em silêncio, na direção do abrigo improvisado entre o casarão e o rio. O que mais me impressionou não foram as cabeças baixas, os ombros caídos e os olhares cinzentos. À medida que o som de passos se afastava, o sol começava a se levantar. Com a primeira claridade da manhã, eu podia ver o rastro de sangue deixado no caminho.

Existe um motivo pelo qual rezadeiras usam plantas e não sangue em seus rituais. Os líquidos do corpo estão próximos demais da matéria, e o trabalho da rezadeira é espiritual, embora seus efeitos sejam percebidos no plano físico. Eu me distancio do corpo doente para poder curá-lo.

Mas já vi, entre os africanos, rituais que fazem uso de sangue, geralmente de bichos. E ele é tratado com um respeito reverencial. O sangue trabalha numa faixa vibratória intermediária, é o fluido que faz a união entre o corpo vivo e o mundo dos mortos. Tem poder demais. Se o sacerdote não tiver muito domínio do seu saber, pode criar ligações com espíritos confusos que habitam essa faixa nebulosa.

Seja qual for o caso, o sangue é sempre sagrado — e uma benzedeira sabe disso muito bem. Por isso, ver a terra encharcada de vermelho me fez tanto mal. Aquilo era um desrespeito a tudo que eu sabia sobre os mistérios da vida e da morte.

Foi a primeira vez que olhei de verdade para o corpo dos africanos. Até aquele dia, eles nunca tinham me chamado a atenção. A existência dos escravizados era tão natural quanto a dos padres, dos indígenas batizados, dos bugres, dos portugueses e dos franceses. Desde que me entendia por gente, a vida era assim. Eu seguia os ensinamentos da minha mãe, da minha avó e da minha bisavó porque eu tinha o sangue delas. E isso passava por nós. Era minha missão cuidar de qualquer pessoa que me procurasse, e era o que eu fazia, sem pensar muito na origem ou na história de quem batia à minha porta.

Embora fosse tratada pelos brancos como uma preta liberta, meu corpo já trazia a marca de quem não pertencia a raça nenhuma. Eu tinha os olhos amendoados dos indígenas, mas minha pele não era sem pelos como a deles. Meu cabelo não era liso como o dos nativos nem crespo como o dos africanos. Minha cor não se assemelhava a nenhuma que eu conhecesse. Mossiê dizia que eu parecia moura, e até podia ser, mas eu não tinha nenhuma certeza. Tudo que eu sabia é que era rezadeira numa terra comandada por padres. Já estava de bom tamanho.

Naquele momento, no entanto, quem batia à minha porta era uma multidão diferente de tudo o que eu conhecera até então.

Todos os pretos com quem eu tivera contato falavam português. A maioria tinha nascido aqui no Brasil e tentava sobreviver o melhor possível dentro das duras condições de vida. Só agora eu me dava conta de que eu lidava quase sempre com gente que trabalhava dentro das casas dos brancos. Embora eu não fosse cativa, os percebia um pouco como meus irmãos. Éramos todos acostumados ao destino que nos fora dado. Nenhum de nós questionava a vida que tinha.

Mas eu nunca tinha tido contato com os pretos da lavoura.

O que eu via no rosto daquele mundaréu de gente era uma mistura de exaustão, perplexidade e raiva.

À medida que eram conduzidos para o galpão construído pelo Mossiê para abrigá-los, foi ficando claro que não vinham do mesmo lugar. Falavam línguas diferentes. E não pareciam felizes por estarem juntos.

Um grupo de mulheres, poucas, juntou-se no canto mais reservado. Logo, três crianças vieram se abrigar em seus colos. Não pareciam ser seus filhos. Era o medo que os unia.

Cerca de vinte homens haviam se acomodado em um canto. À chegada de um outro grupo, os homens começaram a gritar e apontar. Eu não compreendia o que diziam, mas a fala não parecia amistosa. Os gritos se tornaram mais raivosos à medida que o segundo grupo se aproximava.

— *Pou okan, djedje hum wa!*

Foi naquele momento que uma mulher se adiantou e tomou a frente do grupo de recém-chegados. Alta, de porte altivo, era a única que não mostrava sinais de exaustão, embora seus pés também sangrassem. Olhou para os agressores sem nenhum traço de medo, aproximou-se do que estava mais machucado e pôs-se a examinar seu pé — que apresentava um corte profundo.

Embora não soubesse quem era, a reconheci imediatamente. Era uma curandeira. Como eu, como minha mãe, minha avó e minha bisa.

Corri até a horta para pegar babosa. Enquanto me distanciava, percebia que as vozes dos homens se acalmavam. Os xingamentos começavam a cessar.

Naquele momento, eu ainda não sabia, mas estava diante de Iyalodê, a sacerdotisa do Daomé.

Só muitos meses mais tarde pude compreender o significado do alvoroço provocado pela chegada do grupo. O Daomé era uma nação conhecida por seu espírito guerreiro e expansionista. Outros povos, cujos territórios haviam sido invadidos, não nutriam a menor simpatia por eles. Por isso, gritavam:

— *Pou okan, djedje hum wa!*

Isso queria dizer: "Cuidado, os inimigos estão chegando!"

Logo todos nós compreenderíamos que os inimigos não estavam dentro do grupo, mas fora.

Eu estava retornando da horta com uma cesta cheia de babosa e mais o que tinha encontrado que pudesse ajudar a fechar as feridas quando Mossiê me chamou na porta do casarão. O homem estava feliz.

— Agora sim, Dona Justa, vai começar a maior plantação de café do Brasil. Acho que podemos começar a limpar o mato hoje mesmo.

— Mossiê está maluco? Aquele povo ali precisa se recuperar, comer, descansar. Tá todo mundo com os pés sangrando, tudo morrendo de fome.

A expressão do francês era do maior espanto que se possa imaginar.

— Era só o que faltava... — disse ele. E, olhando para minha cesta. — O que a senhora pretende fazer? Montar um hospital nas minhas terras? Ou uma hospedaria para pretos?

Não respondi. Apertei o passo na direção do galpão.

Eu não reconhecia mais Mossiê. Nos primeiros anos, achava que seus hábitos eram coisa de médico francês. O bigodinho encerado, as roupas caras, o nariz empinado. Mas agora me parecia que faltava a ele a humanidade necessária para a cura. Isso já vinha desde o Rio de Janeiro, eu só não tinha me dado conta. E inúmeras pequenas cenas me vinham à memória. Como ele ficava contrariado quando algum branco rico dizia que queria só o meu serviço, como sempre deixava o atendimento dos pobres para mim, como fazia corpo mole quando não tinha jeito e a presença dele era necessária.

Eu já estava quase chegando ao galpão quando tomei uma decisão, larguei o cesto no chão e retornei à porta, onde Mossiê ainda alisava seu bigode e sorria, sonhando com sua fazenda.

— Vim só para lhe avisar que ninguém trabalha enquanto não estiver curado — gritei, enquanto me aproximava.

— Dona Justa, seja razoável...

— Estou sendo muito razoável. Sou tão dona dessa fazenda quanto o Mossiê.

O espanto na cara dele mostrava que a ideia nunca tinha lhe passado pela cabeça.

— A senhora perdeu o juízo. O príncipe nunca daria uma sesmaria a uma mulher. Muito menos a uma benzedeira.

— Pois, se eu não tivesse curado o punheteiro real, não existia nenhuma sesmaria. No papel, não é minha. Mas tenho tanto direito a dar ordens aqui quanto o Mossiê.

Não esperei pela reação dele. Fui correndo buscar meu cesto. O sol já estava bem plantado no céu, o dia esquentava, mas eu tremia.

Cheguei ao galpão, ainda alterada, quase ao mesmo tempo que Silvério, o capataz. Os pretos estavam no chão. A maioria estava deitada diretamente na terra, sem dormir, sem fechar o olho, mas exausta demais para se manter de pé. A mulher alta circulava entre eles. Alguém já tinha ido buscar água no rio. Ela lavava as feridas e as rezava numa língua que eu não compreendia. Me aproximei e botei meu cesto de plantas no chão, ao lado dela. Peguei uma faca e comecei a descascar as folhas em silêncio.

Minha entrada no galpão provocou um incômodo visível. Dezenas de pares de olhos desconfiados grudaram em mim. Eu podia senti-los sobre meu corpo como um enxame de abelhas zumbindo nervosas.

O estranhamento da minha presença não era novidade para mim. Mestiços eram vistos com desconfiança por todo mundo. Mas era gente demais, em estado grave de sofrimento, vibrando ao mesmo tempo, e aquilo me perturbou.

Minha entrada foi seguida pela de Silvério, que, de chicote em punho, começou a selecionar os mais fortes e jovens para botá-los imediatamente na labuta.

Sou uma mulher que aprendeu a venerar o Sagrado Coração de Jesus e o Sagrado Coração de Maria. Passei a vida compreendendo, absorvendo e aplicando o poder infinito do amor ao próximo como fonte de cura dos males do corpo e da alma. Sei como o ódio é capaz de envenenar o sangue e aprendi muitas maneiras de evitá-lo em mim e atenuá-lo nos outros. Mas, naquele momento, não havia Jesus Cristo nem Maria que pudessem me acudir. O Deus dos padres tinha se recolhido à sua igreja. Sua imagem estava pendurada no pescoço de Silvério, na forma de um gordo crucifixo de prata, preso a uma corrente tão sólida quanto a que imobilizava os pretos fugitivos. Ali, no meio do mato, eu me senti desamparada. Só minhas plantas eram reais.

Quando Silvério estalou seu rebenque contra as costelas de um menino que não devia ter mais que doze anos, foi a força da mata que se levantou em mim. Não pensei no que fazia, não rezei nada, não invoquei coisa nenhuma. A única arma que tinha na mão era uma folha larga de babosa. E foi ela que atirei feito uma espada de espinhos que girasse sozinha.

A folha fez uma curva no ar e ganhou força. Foi rodando e se tornando, a cada volta, mais poderosa e veloz. Quando atingiu o rosto de Silvério, revelou sua sabedoria. Não cravou sua ponta no olho esquerdo do capataz para cegá-lo. Limitou-se a rasgar, cirurgicamente, a carne que ligava seu olho à têmpora.

Foi a dor que o fez parar. E o sangue, que começou imediatamente a gotejar. E o susto, ao me ver de pé em posição de guerra. Engrossei a voz:

— Eu avisei a Mossiê que ninguém trabalha enquanto não estiver recuperado.

Mais tarde, tive que enfrentar a zanga do francês. Zanga é pouco, o homem estava furioso. Dizia que eu tinha desautorizado o capataz dele, que daquele jeito nenhum preto o temeria, que as terras nunca se tornariam produtivas.

Deixei que falasse. Eram palavras vazias, só raiva em forma de frases feitas. Aos poucos, Mossiê foi amansando. Anoitecia. Ele estava com fome. Botei a galinha guisada na mesa e nos sentamos. Comemos em silêncio. Quando terminamos, ele me chamou para dormir.

Desde que chegamos à fazenda, eu estava no casarão junto com ele. Mas já tinha me decidido. No dia seguinte, começaria a construir minha casinha. Bem longe do casarão senhorial.

Três anos mais tarde, o casarão estava pronto. Por fora, era bonito e imponente, com suas fileiras de janelas e varandas. Minha casinha se situava no limite da fazenda, do lado oposto ao do rio.

No entanto, até então, a única plantação da Fazenda Francesa se limitava a um grande roçado de milho e aipim para alimentação dos cativos. Havia também um bom galinheiro, um pequeno rebanho de bovinos, um chiqueiro cheio de porcos gordos e cavalos. Nada que desse dinheiro.

Da janela do segundo andar do casarão, de onde Mossiê pretendia ver seu cafezal, a vista era um desalento só. Parte da sesmaria ainda era mata cerrada. O restante era uma terra da qual as árvores tinham sido arrancadas, deixando grandes buracos no solo. Com as chuvas, que naquele ano tinham sido muitas, a coisa toda virou um lamaçal. Tudo seria mais fácil se Mossiê plantasse cana-de-açúcar, como os outros fazendeiros da região. Mas o francês tinha cismado com o café, que era uma planta que ninguém conhecia nem sabia fazer nascer. Os donos das fazendas vizinhas achavam que ele era doido, mas o homem batia o pé. De pouco adiantaram os conselhos de seus amigos, que garantiam que o pé de café era só uma planta ornamental, boa para enfeitar jardins, mas péssima para aquele tipo de terreno.

E não era só a plantação que ainda não tinha vingado. Embora, por fora, a casa senhorial fosse muito bonita, até mesmo luxuosa, por dentro ainda estava quase nua. Não havia dinheiro para Mossiê mobiliá-la com os ricos móveis franceses que pretendia mandar trazer do outro lado do mar. Por enquanto, o salão não passava de um amplo espaço vazio, capaz de abrigar, ao mesmo tempo, um fogão a lenha, um catre, onde ele dormia, e uma mesa de jantar para doze convidados, cuja maior parte estava ocupada por tralhas. Dali de dentro, tudo o que se podia ver ao olhar para os lados eram paredes em construção. As portas e janelas ainda eram cobertas por tábuas toscas sem nenhum acabamento. Nem mesmo o grande aposento tinha sido revestido com reboco.

O restante dos cômodos, nem isso tinha.

Num fim de tarde, eu tinha ensopado uma galinha e ainda chupava os ossos do pescoço enquanto o Mossiê perturbava meu juízo. Queria que eu usasse minha vidência para dizer o que deveria ser feito.

— Já expliquei mil vezes — falei, enquanto puxava um fiapo de carne entre os dentes. Eu comia de pé, não porque não pudesse me sentar à mesa, mas porque ia comendo e cuidando dos meus afazeres. — Minha vidência só se aplica em casos de saúde.

— Mas estamos falando de saúde, Dona Justa. Da saúde das minhas terras — retrucou o Mossiê.

Desde que o grande grupo de cativos chegara à fazenda, eu tinha me distanciado do Mossiê. Fiz minha casinha e fui morar lá. Nunca mais o surpreendi, montando sobre seus quadris, nem permiti que se aproximasse de mim. No começo, ele estranhou. Tentou puxar assunto a respeito. Mas não dei conversa. Não quis mais e pronto. Era coisa minha. Ainda assim, de alguma maneira, éramos amigos. Ele me ouvia e, ao modo dele, me respeitava.

— Eu sei que as terras estão saudáveis. São terras férteis. Basta ver a riqueza que as fazendas vizinhas produzem. A sua não pode ser diferente — eu lhe disse.

— Mas os outros plantam cana. Estou cercado de engenhos por todo lado. Nada me garante que o café vá vingar aqui.

Ele se irritava. Eu sabia que era zanga com ele mesmo, com sua própria falta de sabedoria. Por isso, falei:

— Vosmicê é muito bom como cirurgião, mas não entende nada de terra. Se quer plantar café, é melhor que contrate alguém que saiba como se planta esse troço.

Mossiê suspirou e tomou uma parte do pescoço da galinha da minha mão. Também era sua parte predileta. Sugou os ossinhos, mordeu os fiapos da carne que os envolvia. Por fim, concordou comigo. Mas, antes, ainda insistiu:

— Dona Justa, a senhora não vê nada mesmo?

— O que o senhor espera que eu diga? — perguntei, pinçando o dorso da galinha entre os dedos só para irritá-lo. Depois do pescoço, era nossa parte preferida.

— Preciso que a senhora se concentre e pare de comer! Veja se vou conseguir plantar café aqui — insistiu o francês.

— Mossiê, não vejo nada. Tudo o que eu sei é que vosmicê precisa contratar alguém para tirar a riqueza dessas terras.

X. O DIABO EM FORMA DE GENTE

Eu estava cozinhando no salão do casarão quando senti uma presença às minhas costas. Virei-me assustada. Não havia ninguém. Só a grande porta aberta, que deixava o sol entrar até quase metade do aposento e fazia brilhar a poeira suspensa no ar.

O dia tinha amanhecido estranho, silencioso demais para meu gosto. As galinhas não cacarejavam, os cavalos não relinchavam, os cativos não cantavam, os passarinhos não piavam.

Era um silêncio com cheiro de desgraça.

Ainda tomada pela sensação de mal-estar, persignei-me e voltei a mexer a grande panela de ferro, onde borbulhava um guisado de paca.

Poucos instantes depois, a sala escureceu. Parecia que o sol tinha sido tapado por uma nuvem. E escutei uma respiração forte, como se um bicho brabo resfolegasse atrás de mim.

Não precisei me virar para olhar. Minha intuição gritava que Policarpo, o novo administrador, acabara de chegar. E minha sensibilidade de rezadeira completava a informação: o homem não prestava.

Antes mesmo de me virar para ver com os olhos a figura, senti sua catinga. Uma fedentina forte de curtume, de resto de carne e sangue grudado em pele morta. É assim o cheiro dos assassinos, dessa gente de alma coagulada, que se espalha pelo ambiente assim que a presença deles se anuncia.

Alto, corpulento, com o rosto escondido por uma barba espessa e um chapéu de abas caídas, Policarpo entrou no salão com passos lentos e largou uma sacola de couro no chão. Em seguida, depositou a seu lado um grande chicote de couro trançado. Com gestos cuidadosos, desprendeu um rebenque do cinto e botou sobre a mesa. Estremeci quando ele se dirigiu a mim. Sem dizer palavra, me estendeu um odre vazio, fedendo a cachaça ruim. Compreendi o que homem queria e o enchi com nossa boa aguardente. Baixando a cabeça, o sujeito deu meia-volta e saiu pela porta tão mudo como entrou.

Na hora do almoço, ainda não tinha voltado. Mossiê já estava sentado à mesa, de mau humor. Pretendia comer com Policarpo, aproveitar para conversar sobre seus planos. Quando o sol já estava a pino, desistiu. Fiz o prato dele, o meu e me sentei.

— Não gostei desse homem — disse.

— Ele foi bem recomendado — limitou-se a responder o Mossiê, sem tirar os olhos da comida.

Naquele momento, mais uma vez, a sala escureceu. Era o corpanzil de Policarpo, parado no batente da porta para limpar as botas antes de entrar. Estavam cheias de barro fresco. O homem devia ter andado lá pelos lados da beira do rio.

Poucos minutos mais tarde, comia com voracidade, a cabeça ainda coberta com o chapéu quase enfiada no prato. Continuava tão silencioso quanto antes. Cheguei a pensar que fosse mudo. Agora mesmo, deixava Mossiê falar de seus planos sem nem parecer que estava escutando.

— Me disseram que já cuidou de uma fazenda de café e que a produção foi boa. Qual é o método que usa?

O capataz limitou-se a tirar o rebenque de dentro da sacola e colocá-lo sobre a mesa, como se o objeto falasse por si. Ou não falasse. Só atraísse silêncio. Como naquele momento. Ficamos todos calados.

Era uma peça rica. O corpo, de madeira entalhada, era arrematado por detalhes em prata que disfarçavam sua principal função: servir de bainha para uma lâmina de trinta centímetros. De sua ponta, finalizada por uma cabeça de bode esculpida em prata, saía uma alça de couro preto luzidio. Na outra ponta, estava pendurada a temida tira de couro curtido.

Mossiê examinou com admiração o rebenque.

— Certa vez, vi um parecido com esse, mas pertencia a um homem que tinha chegado do Sul — disse, puxando a lâmina e admirando sua ponta afiada. — Vosmicê já esteve no Sul? — perguntou, dirigindo-se a Policarpo, que permanecia em silêncio.

Mas nem diante da pergunta do patrão o homem abriu a boca. Limitou-se a balançar a cabeça em sinal negativo. Naquele momento, percebi que ele mentia. O rebenque tinha sido roubado. E mais, tive certeza de que Policarpo havia matado alguém para consegui-lo. Para coroar minha péssima impressão da criatura, ainda havia a cabeça de bode em prata. Aquilo não podia ser boa coisa.

Mais tarde, expus meus receios a Mossiê:

— Meu coração diz que esse homem vai trazer desgraça.

No entanto, ao contrário do que sempre acontecia, daquela vez ele não me deu ouvidos. Ainda brincou:

— Não é a senhora que sempre diz que sua vidência é só para a cura das doenças? Agora deu para adivinhar o futuro?

Eu não conseguia explicar de onde me vinha uma sensação tão terrível. Mas que era bem real, era.

* * *

Um ano mais tarde, o Mossiê mostrava-se satisfeito com suas escolhas. As mudas e sementes selecionadas por Policarpo tinham se adaptado bem ao solo da fazenda. Havia peixe no rio e comida nos roçados. Apesar das brigas que às vezes ainda surgiam na senzala — resultantes da mistura de povos adversários —, os cativos não se rebelavam. O casarão começava a tomar jeito de sede de fazenda.

Nunca mais vi Mossiê cuidar de ninguém. Quando algum dos pretos adoecia, era eu ou Iyalodê que tratávamos dele. O povo das fazendas vizinhas também acorria à fazenda. E era só eu que atendia.

De fato, sob a administração de Policarpo, a fazenda começou a produzir café. Mossiê só tinha olhos para a produção. Os escravizados morriam numa proporção maior do que nas outras fazendas. Eu o alertava para aquilo. Mas o francês não queria se envolver nessas questões. Satisfeito com os bons resultados de seu administrador, só pensava no dinheiro que começaria a entrar em breve.

Um dia, quando lhe servia o almoço, desabafei. No primeiro mês que Policarpo chegara à fazenda, quase dez cativos tinham desaparecido misteriosamente. Agora, de vez em quando, sumia mais um. Ao todo, pelo menos quinze homens já não se encontravam mais na senzala.

— Qual é o problema, Dona Justa?

A voz do Mossiê estava impaciente.

— Acho que Policarpo está matando os pretos — eu disse, torcendo a ponta de um lenço, como sempre fazia quando ficava nervosa.

— E se isso for verdade? Se for necessário para manter a ordem? — perguntou o francês com uma frieza que me desconcertou.

Como assim? Ele não se importava com a morte de criaturas de Deus? O barbeiro riu.

— Mas, Dona Justa, eles não foram batizados. São tão criaturas de Deus como os cavalos ou as galinhas.

Muita gente acreditava naquilo. Muitos senhores, para ser mais precisa. E não havia argumento que comovesse o francês, tão satisfeito com o tapete verde que começava a cobrir suas terras.

Eu tinha um terrível pressentimento. E meus piores temores foram confirmados poucos meses mais tarde.

Num dia quente, ia andando pelas pedras do rio dos Afogados em companhia de Iyalodê. Vínhamos com a água pelos joelhos, lutando contra a correnteza, porque eu queria mostrar a ela um tipo de lambari que costumava se esconder por ali.

Foi quando uma construção que nunca tínhamos visto antes despertou nossa atenção. A princípio, só vi um portão de ferro gradeado incrustado no barranco. Intrigada, me aproximei. Fui a primeira a descobrir a masmorra dos afogados e dei um grito tão alto que Iyalodê veio correndo ver o que estava acontecendo.

O que se mostrava ali era horrendo demais para ser descrito.

Estávamos ao norte da fazenda, num ponto onde o rio quase não mostrava sua margem. O curso d'água parava em um barranco de quase três metros de altura. Era, de fato, o lugar ideal para quem quisesse esconder alguma coisa. A parede de pedra só podia ser vista por quem estivesse andando pelo próprio rio. E pouca gente se arriscava. Uma correnteza forte, ainda mais poderosa logo após as chuvas, explicava o nome de rio dos Afogados.

Quem passava por ali só conseguiria ver o barranco se estivesse na outra margem. Mas aquelas terras pertenciam a um agraciado pela Coroa que jamais tinha vindo receber seu presente. Era uma sesmaria abandonada.

O lugar macabro que acabáramos de descobrir tinha sido construído ali de propósito. Quem quer que o tivesse feito, imaginava que permaneceria invisível para cativos e senhores. Alguém havia cavado uma pequena câmara por dentro do barranco e fechado sua entrada com uma grade de ferro. Ali dentro, vários corpos apodreciam. Ao descobrirmos o lugar, nós duas pensamos a mesma coisa e ao mesmo tempo: tínhamos acabado de encontrar os cativos desaparecidos.

Não era preciso fazer grande esforço para adivinhar quem era o autor de obra tão assustadora. Para manter segredo, Policarpo trancafiara os escravos que tinham trabalhado em sua construção e deixara que morressem ali.

A concepção da prisão era cruel. Ninguém podia prever quando o rio sofreria uma enchente. Dependia do volume das chuvas. Podia levar um mês, podia levar um ano. De qualquer modo, se demorasse muito a chover, o prisioneiro morreria de fome.

Um calafrio me subiu pela espinha. Fazia pouco mais de uma quinzena que uma tempestade fizera o rio transbordar. A lembrança do aguaceiro me fez ficar tão tonta que precisei me apoiar no braço de Iyalodê. Mas a sacerdotisa recuou bruscamente, fugindo de meu toque.

Não era a primeira vez que aquilo acontecia, eu já tinha percebido. Sabia que Iyalodê era uma sacerdotisa vodum, mas levei algum tempo para compreender o problema. Observando os outros cativos, me dei conta de que eles jamais tocavam o corpo de Iyalodê, nem mesmo esbarravam nela por acaso. Nem quando alguém lhe passava uma cuia, nem quando dividiam um espaço muito apertado. Em torno da sacerdotisa abria-se como que uma clareira. Iyalodê podia tocar qualquer pessoa. Mas não podia ser tocada. Botar a mão em seu corpo equivalia a profanar seus deuses.

XI. A PRIMEIRA SERPENTE

Eu tinha que admitir que Mossiê continuava sendo um homem bonito. Embora o dia mal tivesse clareado, já estava todo vestido e arrumado, postado na sacada de seu quarto. Ele gostava de ficar ali, admirando suas terras — sua *prroprriedade*, como falava com sotaque carregado —, que agora sim, estavam de fato bonitas e produtivas.

Mesmo assim, meu desejo por ele tinha se acabado. Desde o primeiro momento, a atração que ele provocava em mim era uma mistura de admiração com forças muito instintivas. Eu gostava do cheiro dele. Do hálito, que não se parecia com nenhum outro que eu já tivesse percebido. Um perfume forte, um cheiro de cuspe limpo que ia se tornando mais fermentado à medida que nossos beijos ficavam mais intensos até cheirar como um pão pronto para ir ao forno. Da raiz dos cabelos, que tinha um odor no alto da cabeça e outro nas têmporas. O do alto da cabeça me acalmava. O das têmporas me fazia suspirar.

Eu poderia descrever o cheiro de cada pedaço de pele do Mossiê. Mas isso foi em outros tempos. Agora, a boca dele me lembrava um ovo cozido. Não tenho nenhuma dúvida de que o hálito é afetado pelo que a gente diz, pelos nossos pensamentos e sentimentos.

Ainda havia amizade, sim, é verdade. Mas as palavras dele não encontravam mais colo em mim.

Isso não me impedia de observá-lo na sacada da frente da casa, que dava para o oriente, onde nascia o sol. Era daquele ponto que Mossiê gostava de admirar o cafezal que se estendia até a linha do horizonte.

Nos fundos, ficavam a senzala, as estrebarias, um roçado de bom tamanho e, além dele, uma razoável área de pastagem para o gado. À esquerda, a vista seguia os pátios de secar café até se perder ao longe e encontrar o grande armazém de estocagem. Dali mal se via, mas os pátios terminavam na mata fechada além da qual ficava o rio.

À direita, a terra seguia, ainda sem tratamento, até os limites da fazenda. No canto mais remoto, eu tinha construído minha própria casa, meu galinheiro e plantado minha roça.

Era para lá que eu e Iyalodê nos dirigíamos numa tarde excepcionalmente quente de janeiro.

Para chegar à minha casa era preciso caminhar por dentro da mata. Havia uma picada aberta a facão, mas tão estreita que parecia só ser visível para mim mesma. Era de propósito. Não pretendia ter estranhos batendo à minha porta. Se alguém precisasse de meus serviços de benzedeira, podia me encontrar na sede da Fazenda Francesa. Só estava abrindo uma exceção para Iyalodê pelo grande respeito que devotava à sacerdotisa. Ela havia me pedido para ver a casa. Eu não podia negar.

Em pouco tempo, tínhamos nos tornado próximas. Eu admirava sua serenidade e sua devoção. Com a chegada de Policarpo, os pretos tinham sido proibidos de cultuar seus deuses. De todas as violências que ele fez, achei que foi a pior. Por isso, sempre dava um jeito de passar à sacerdotisa os elementos dos quais ela precisava para manter sua ligação com eles. Cheguei a conseguir uma muda de dendezeiro e a plantei no meu terreninho.

Sabia que ela cultuava Adangbé, Azanadô e outros, cujos nomes não consegui decorar nem compreender. Eu gostava de aprender, mas logo entendi que era uma cultura complexa demais para ser entendida em poucos anos. Me limitava a providenciar o que ela me pedia.

Mas daquela vez era diferente. Iyalodê queria vir à minha casa.

Ao passar pela porta, ela vasculhou o pequeno ambiente com os olhos. Tinha apenas um cômodo. Em um canto, ficava minha esteira e meu colchão de palha — cujo cheiro de mato seco perfumava a casa inteira. Quase em frente à cama, o fogão a lenha não só cozinhava como ajudava a manter o ambiente quente no inverno. Além disso, havia apenas uma pequena mesa de madeira e uma única cadeira, ambas feitas por mim mesma — o que era um luxo, certamente. Mas, desde que tinha aprendido a escrever, eu tomara gosto pelas mesas.

Seria um casebre como tantos, sem nada de especial, se não fossem as centenas, talvez milhares, de vidros e pequenos potes enfileirados em prateleiras que ocupavam todas as paredes e pendurados em cestas e sacolas no teto baixo. Nos poucos espaços livres, eu tinha uma imagem de Nossa Senhora da Conceição na qual estava enrolado um belo terço de prata, outra de São Bento e um quadro que representava o Sagrado Coração de Jesus.

Não era comum que pessoas pobres tivessem imagens tão bonitas quanto aquelas. Muito menos que possuíssem uma pintura como a do Sagrado Coração de Jesus ou um terço de prata trabalhado. Todos tinham sido presentes de pessoas ricas a quem eu havia curado.

Iyalodê olhou tudo com curiosidade.

Seu olhar se fixou em um vidro grande repleto de erva-de-fogo, colocado próximo a uma pequena janela.

— Guarde um pouco daquela ali para você — disse ela, com um sorriso malicioso.

Fiquei espantada.

— Que é isso, Iyalodê? Aquilo é para ajudar no parto.

— Eu sei — disse a sacerdotisa, ainda sorrindo com um ar de mistério. — Mas você vai precisar.

Diante de meus olhos arregalados, completou:

— Duas vezes.

Foi até o grande vidro, passou o dedo em sua superfície e repetiu:

— Duas vezes.

Comecei a rir com vontade enquanto pegava uma moringa e enchia dois copos com água fresca.

— Você só pode estar brincando. Já tenho 30 anos. Minha barriga já deve estar seca.

Quando me virei para entregar um copo à sacerdotisa, vi que ela estava muito séria, com o olhar perdido ao longe. Em vez de beber a água que lhe ofereci, encostou o copo na testa e fechou os olhos.

— Dois filhos — repetiu Iyalodê, como se estivesse em transe. — Um menino e uma menina. O sangue deles terá um poder capaz de vibrar por muito tempo depois de ter sido derramado.

Me arrepiei toda ao ouvir aquilo.

— Com todo respeito, Iyalodê, isso não faz sentido. Já estou velha.

A sacerdotisa prosseguiu como se não tivesse sido interrompida:

— Ainda falta. Você já estará realmente velha quando isso acontecer. Mas o poder do homem que engravidará você será tamanho que sua idade não será empecilho.

Aquilo me parecia absurdo. Nunca pretendi me casar. Mesmo assim, as palavras da sacerdotisa me deram certa alegria.

— É muito estranho pensar que um dia vou me casar. Na minha família, mulheres não se casam.

Com a mesma voz inexpressiva de transe, Iyalodê respondeu:

— Você não vai se casar. Vai morrer sozinha.

Subitamente, Iyalodê estremeceu fortemente e sua voz voltou ao normal.

— O que você quer dizer com isso? — perguntei, com uma aflição no peito.

Mas ela já tinha saído do transe. Não se lembrava sequer do que tinha dito.

Antes de sair, recomendou a mim:

— Proteja muito bem a sua casa.

Em seguida, olhou em torno, como se pensasse em alguma coisa. Então, tirou do pescoço um dos muitos colares de contas que sempre usava e o entregou na minha mão.

— Use isso sempre com você.

Foi no retorno para a fazenda que a desgraça aconteceu.

A tarde estava quente demais. De vez em quando, precisávamos parar para limpar o suor que escorria da nossa testa e entrava em nossos olhos. Eu ainda estava nervosa com as palavras de Iyalodê.

— Parece que abriram as portas do inferno — reclamei, enquanto sacudia a saia para fazer algum vento.

Iyalodê se zangou.

— Nunca fale uma coisa dessas — disse ela, enquanto apertava o passo e parecia irritada. Subitamente, parou, virou-se e olhou severamente para mim. — Que tipo de rezadeira é você que não presta atenção às palavras que diz?

Fiquei envergonhada. Devia ter sido mais cuidadosa. Era o calor que atrapalhava meu pensamento, aquela estranha brisa fervente que ninguém sabia dizer de onde vinha. Parecia que o ar estava oleoso e denso. Puxá-lo para dentro dos pulmões exigia um esforço que deixava minha mente perturbada e o corpo exausto. Além disso, as palavras de Iyalodê ainda reverberavam em minha mente: *O sangue deles terá um poder capaz de vibrar por muito tempo depois de ter sido derramado.*

Aquilo era tudo que uma mãe não queria ouvir. Pouco importava se o sangue de meus filhos atravessasse o século. Eu não queria que fosse derramado sangue nenhum. Meu instinto me pedia para proteger minhas crias — e não para avaliar seu poder.

Iyalodê riu. E como se adivinhasse meus pensamentos, disse:

— É por isso que, de onde eu vim, as sábias não podem ser mães.

Reagi. Considerava a maternidade um momento sagrado.

— Mas é por isso mesmo — disse Iyalodê. — Toda a energia das mães é concentrada em proteger suas crias, mais do que em deixá-las crescer e correr riscos.

Depois de uma pausa, concluiu:

— Você vai ter que deixar que seus filhos sigam seus próprios caminhos.

Era muita perturbação para um dia só. Na última hora, tinha tido revelações espantosas demais. Precisava de um tempo para digerir tudo aquilo. Estava perdida em meus pensamentos quando escutei o ruído inconfundível de grande volume de folhas se mexendo. Não havia vento. Alguém ou alguma coisa estava andando pela mata — e muito próximo de nós duas.

Ficamos paradas e quietas, procurando não fazer barulho. Ou era um bicho muito grande ou um homem pesado. Mas nossa intuição apontava para a mesma coisa. Um animal carnívoro, bebedor de sangue, cruel.

Antes que disséssemos seu nome, Policarpo se materializou na nossa frente, bem no meio da trilha, bloqueando nosso caminho.

Desde o dia em que o homem chegara à fazenda, tive medo dele. Se o temia quando estava bem protegida na casa do francês, imagine no meio da mata, sem ter quem me acudisse. Não tive coragem de dar nem um passo na direção do monte compacto de músculos e nervos que me impedia de seguir adiante. No entanto, Iyalodê teve uma reação diferente. Ao contrário de mim, não sentia medo, mas indignação. O cativeiro não apagara de sua memória os códigos de nobreza de seu povo. E, de acordo com eles, ninguém abaixo de sua posição social podia impedir seu caminho.

Por isso, ao dar de cara com o corpanzil de Policarpo no meio da trilha, tratou de espantá-lo como se fosse um mosquito.

Parecia que o homem só estava esperando aquela oportunidade para enfurecer-se. Agarrou a mão de Iyalodê no ar e torceu seu braço para trás, fazendo a sacerdotisa gemer de dor.

— Posso saber o que estão fazendo aqui enquanto o *mossiê* está pedindo a janta?

Mossiê era o jeito como não só Policarpo, mas todo mundo chamava Armand. Mas bastava olhar para o rosto de Iyalodê para ver que, se dependesse dela, Policarpo e seu mossiê podiam morrer de fome. Estava tão aborrecida com o modo desrespeitoso como o capataz a tocava quanto com a insolência de sua voz.

Por isso, mesmo com o rosto contraído de dor, em vez de baixar a cabeça, como faziam os cativos assustados, olhou fundo nos olhos do homem. E o que havia no fundo de seus olhos era o fogo de muitas gerações de sacerdotisas, uma força sobrenatural, capaz de fazer até mesmo um brutamontes como Policarpo hesitar.

Lentamente, o homem soltou seu braço. Ainda tentou fazer de conta que a libertava por livre vontade, mas era óbvio que recuava.

Fiquei alarmada. Para dizer o mínimo, a atitude de Iyalodê tinha sido imprudente. Ela o humilhara. Policarpo era maior do que ela, tinha o poder do chicote, mas teve que baixar os olhos diante das pupilas de fogo da sacerdotisa ofendida. Aquilo não ficaria impune.

Antes que algo mais sério acontecesse, decidi que conversaria com Mossiê assim que chegasse à sua casa. No entanto, ao entrar no casarão, encontrei-o furioso.

— Dona Justa, a senhora sabia que meu jantar não está pronto? — dizia ele com a voz desafinada de tanta indignação.

O francês ficava de péssimo humor quando estava com fome. E, de fato, não havia nada pronto sobre a mesa. Gaguejei. Não sabia como explicar tal falta. Antes de sair com Iyalodê, deixara tudo quase pronto para ser finalizado por uma moça muito responsável. Não entendia o que tinha acontecido. Tratei logo de me desculpar — ainda que não tivesse nenhuma culpa — e corri para a cozinha.

Chegando lá, tive um choque. Parecia que a menina nem sequer tinha começado a trabalhar. Tudo estava exatamente como eu havia deixado à tarde. Os legumes e verduras lavados e cortados ainda estavam sobre a mesa. Deveriam ter sido colocados na panela do guisado. No entanto, alguém tinha apagado o fogo e, agora, a carne crua e dura boiava na água fria.

Não havia nem sinal dela. E isso não era bom. A menina não teria abandonado seu trabalho sem um motivo muito forte. Quanto mais eu olhava para a cozinha abandonada, mais me convencia de que Policarpo tinha sumido com a garota só para deixar a mim e a Iyalodê em apuros.

Rapidamente, improvisei uns ovos escaldados com folhas de ora-pro-nóbis e os servi enquanto a carne terminava de cozinhar. Mossiê atacou o prato sem nem sequer agradecer.

De vez em quando, eu o espiava com o rabo do olho. Queria encontrar um momento apropriado para falar de minhas preocupações. Mas ele não dava espaço para conversas. Comia com a cara enfiada na tigela.

Quando, finalmente, respirei fundo e ensaiei começar a falar, fui interrompida pelo terrível estrondo de um trovão.

— Vai começar a chover — disse o francês sem levantar os olhos do prato.

A frase me fez estremecer. De fato, seria mais prudente ir para casa antes que a tempestade desabasse. Mas alguma coisa me detinha ali.

— Mossiê, eu queria conversar sobre seu feitor — disse, com a voz hesitante. Sabia que era um assunto que Armand detestava.

Mas o francês nem precisou se dar ao trabalho de responder. Um relâmpago intenso, seguido por uma trovoada assustadora, fez o chão estremecer. Ainda sem tirar a cara do prato, ele apenas repetiu:

— Vai começar a chover.

Era uma bobagem. Ia começar a chover. Grandes coisas. Sempre chovia. Mas, daquela vez, o aviso vinha carregado de agouro.

E, sem nem mesmo saber por que, corri para casa.

No caminho, a voz do francês me perseguia como um fantasma:

— Vai começar a chover.

Na manhã seguinte, o céu estava coberto por um manto de chumbo que não deixava nem uma nesga para a claridade do sol. Depois da tempestade furiosa, que durara quase a noite inteira, agora chovia fino. Mas o calor não passava. Pelo contrário. Tudo estava escuro, úmido e abafado como o interior de um caldeirão de ferro.

E não era só o calor que parecia estranho. Havia também o silêncio. Nada parecia se mover.

Eu ia andando pela trilha, na direção da fazenda, com o coração apertado. Tinha certeza de que alguma coisa terrível havia acontecido.

Essa sensação ficou mais forte à medida que me aproximava do cafezal. Normalmente, àquela hora, a plantação já estava coalhada de cativos. Mas estava deserta. Uma nuvem de medo e tristeza cobria o lugar.

Avancei a passos rápidos e nervosos até chegar à pequena praça que separava o casarão da senzala. Antes mesmo de chegar, já podia sentir o cheiro e o som da respiração de muitos homens e mulheres juntos. Ofegavam. Suavam. O cheiro de medo era carregado pelo vento até mim. Todos os cativos estavam ali. Mudos. Com os olhos grudados no tronco, onde uma mulher tinha sido amarrada.

De onde estava, eu só conseguia ver suas costas, onde o chicote tinha aberto riscas vermelhas e profundas. Não precisava que a virassem para adivinhar quem era. Aflita, fui abrindo espaço na multidão, empurrando e sendo empurrada, embora soubesse que já era tarde demais para prestar qualquer auxílio a Iyalodê.

Quando finalmente rompi o cerco humano e me aproximei do tronco, levei um choque. Policarpo não tinha amarrado a sacerdotisa como sempre fazia ao punir algum cativo. Ele a tinha pendurado pelos pulsos.

Horrorizada, não conseguia tirar os olhos dos pés que balançavam a cerca de um palmo do chão. Tampouco conseguia falar ou articular nenhum pensamento.

Policarpo estava ao lado do corpo. Evidentemente, só esperava minha chegada para finalizar seu espetáculo. Ao me ver pálida, de olhos arregalados, paralisada diante da cena, o feitor riu, já antegozando o que faria a seguir.

Olhando diretamente para meu rosto, vibrou uma forte palmada no corpo pendurado, fazendo com que ele girasse sobre si mesmo. Um rugido de dor se ergueu da multidão e Policarpo sorriu. Estava especialmente satisfeito. Já tinha conversado com o mossiê sobre o perigo que a liderança de Iyalodê representava. O francês concordara. Achava que até mesmo eu estava diferente desde a chegada da escrava. "Dona Justa anda abusada", dissera ele.

Mas agora isso ia mudar, Policarpo podia sentir no ar. Ele ia acabar com aquela história de corpo sagrado, que não podia ser tocado. Não podia, é? O feitor ria sozinho. Pois ia mostrar àquela gente cheia de superstições que só havia um poder na Fazenda Francesa. E esse poder se chamava Policarpo.

Sem deixar de me encarar, voltou a dar vários tapas nos quadris da morta, fazendo com que seu corpo girasse como um pião. Embora não acreditasse em palavras, sentia-se tão eufórico, tão vitorioso, que começou a gritar:

— Quem disse que esta escrava não podia ser tocada? Quem disse que tinha algum poder?

A cada frase, dava mais um tapa no corpo. Tratava a morta como se fosse seu brinquedo particular.

Tive que firmar os pés para não desmaiar.

Fui tirada do torpor pela voz de N'gabila em meu ouvido.

— Vou matar esse filho do demônio — murmurou o cativo, puxando um punhal feito de bambu de dentro da roupa.

Rapidamente, segurei seu braço.

— O castigo de Policarpo será dado pelos deuses e não por você.

O homem não se conformava.

— Mas olhe o que ele está fazendo com o corpo de Iyalodê. Isso é uma ofensa. É um sacrilégio — dizia, enquanto tentava se livrar das minhas mãos.

No entanto, eu tinha ficado repentinamente calma. Podia sentir muito claramente a presença de Iyalodê passando pela multidão, espalhando uma vibração tranquila e, ao mesmo tempo, uma força tremenda. Por isso, detive N'gabila.

— Deixe que o imbecil atraia para si seu castigo.

Olhei novamente para Policarpo. Como se estivesse embriagado pelo próprio prazer, depois de meses de autoridade contestada, continuava a rir e a girar o corpo de Iyalodê.

Eu tinha certeza de que alguma coisa ia acontecer.

E aconteceu.

* * *

Policarpo não tivera sequer a consideração de cerrar as pálpebras da defunta. Seus olhos, negros e arregalados, olhavam para algum lugar fora do tempo e do espaço. No entanto, a cada vez que era virado, o rosto parecia mais animado por uma força que não era mais vida — mas nem por isso deixava de ser força.

Essa impressão ficou muito mais acentuada quando o feitor, descuidadamente, deixou que o rosto da morta se chocasse contra a madeira do tronco — o que fez com que seu maxilar se abrisse. E no giro seguinte, ali estava a sacerdotisa. Com seus olhos muito abertos e, agora, a boca também, era uma figura tão terrível de se ver que o sorriso de Policarpo murchou.

Aquilo dava medo de verdade, medo que mesmo o feitor podia sentir.

O corpo pendurado, com seus olhos muito abertos e a boca escancarada começava a mostrar seu poder.

Quando, finalmente, Policarpo recuou, os olhos de Iyalodê giraram nas próprias órbitas até encontrarem os dele. Ali estava o imbecil, agora sim, paralisado de pavor diante de todos os cativos. E no silêncio que caiu sobre a praça, todos puderam ouvir com muita clareza uma música que saía da boca aberta da sacerdotisa morta.

Ela cantava:

Vai começar a chover,
Vai começar a chover.
E o rio vai encher,
Ai, o rio vai encher.

Vai julgar os seus pecados.
Vai carregar sua alma.
Vai comer a sua carne
E lamber seus ossos,
Com toda calma.

Cantou uma vez, duas, três. Na quarta, começou a se contrair como se quisesse vomitar. Iyalodê não parava de cantar, sempre com os olhos fixos em Policarpo. Alguma coisa se agitava em sua garganta de um modo tão perceptível que a musculatura do pescoço ondulava.

Quem havia gritado primeiro? Não se sabe. A atenção de todos estava concentrada na boca de Iyalodê, que parecia se abrir cada vez mais. Uma sombra escura começava a surgir do fundo de sua garganta.

Fui a primeira a perceber o que acontecia. O vulto negro que tomava corpo dentro da boca de Iyalodê se aproximava do mundo externo e a primeira coisa que revelou foi um par de olhos de fogo. Logo em seguida, uma cobra surgiu de dentro da boca da sacerdotisa como se fosse uma língua colocada para fora.

Agora, eram as duas cabeças que cantavam juntas.

Vai começar a chover,
Vai começar a chover.
E o rio vai encher,
Ai, o rio vai encher.

Vai julgar os seus pecados.
Vai carregar sua alma.
Vai comer a sua carne
E lamber seus ossos,
Com toda calma.

 Existem muitas versões para o que aconteceu depois que a cabeça de Iyalodê começou a cantar. Mas eu sei o que houve. Vi quando Policarpo atirou o corpo da sacerdotisa ao rio — e por isso, até hoje, quem bota os pés dentro d'água escuta a canção.
 Quanto à chuva que até hoje impressiona os visitantes da fazenda... a chuva começou a cair no momento em que Iyalodê morreu.
 E nunca mais parou.

XII. AS SETE MORDIDAS

O povo desses lugares fala demais. Fala tanto que fica impossível, mais tarde, reconstituir a história direito. Portanto, hoje, só o que se sabe é que o Mossiê morreu em agosto de 1813, em circunstâncias não explicadas.

Tudo o que sei é que o dia mal tinha acabado de clarear e eu começava a me arrumar para ir para o casarão. Tinha acabado de fazer minha cama quando ouvi alguém correndo e gritando na minha direção. Mal tive tempo de chegar à porta e vi um cativo com os olhos arregalados e quase sem fôlego:

— Corre, Mãe Justa. Corre que estão dizendo que o mossiê morreu.

Armand tinha falecido em sua cama durante a noite.

Ao entrar no quarto, quase acreditei que fosse engano. Todo embrulhado nas cobertas, Mossiê parecia estar adormecido. No entanto, ao me aproximar, pude ver claramente o rosto pálido, salpicado por pequenas manchas roxas. O corpo já estava tão frio que não havia mais nada a fazer, a não ser lavá-lo e enterrá-lo.

Enquanto as mulheres cuidavam disso, eu, na cozinha, preparava a infusão com a qual banharia o corpo antes de botar uma moeda de ouro em sua boca, para garantir uma boa entrada no céu. Enquanto macerava folhas na água quente, rezava os encantamentos para facilitar o perdão dos pecados do morto quando ele chegasse à presença do Divino. Achava que ele ia precisar de um bocado de orações.

Ao entrar no quarto carregando a tina com a infusão de ervas, fui chamada pelas mulheres. Estavam tão horrorizadas que não queriam mais mexer no corpo do defunto.

— Isso é coisa de bruxaria — disse a mais velha.

E parecia estar certa. O corpo nu, estendido sobre a cama, mostrava muito claramente a marca de sete mordidas de cobra: na garganta, no meio do peito, perto do umbigo, nos dois pulsos e nas solas dos pés. Pela diferença de tamanho entre elas, podia-se dizer, sem medo de errar, que pertenciam a sete cobras diferentes.

A mesma mulher se dirigiu a mim:

— Só pode ser vingança dos Voduns da jêje.

Eu não gostava daquele tipo de comentário. Ia contra a disposição das benzedeiras de aceitar tudo aquilo que servia para o bem — quer viesse dos Voduns, dos Orixás ou da Igreja. Eu mesma rezava invocando os santos católicos, mas preparava banhos de ervas aprendidos pelos meus antepassados com os índios e africanos. E conhecia muito bem o poder benéfico desta mistura. Por isso, fui ríspida na resposta:

— Iyalodê era uma alma nobre. Nunca faria uma coisa dessas.

Em meu íntimo, uma suspeita começava a tomar forma. Alguém tinha se aproveitado da epidemia de cobras que tinha infestado a fazenda desde a morte da sacerdotisa para jogar sete delas na cama do francês. Assim, tudo indicaria uma vingança de Iyalodê. Mas eu sabia que a morte de Armand interessava mesmo a outra pessoa: Policarpo.

O feitor estava contando com o fato de que o Mossiê não tinha deixado nem filhos nem herdeiros diretos. Achava que podia tomar conta das terras. Pois que esperasse. Ele não sabia era que, ao ganhar a sesmaria, o francês fizera um testamento. Nele, deixava tudo o que lhe pertencia para mim.

Tudo aconteceu ao mesmo tempo — e muito rapidamente.
Assim que o Mossiê morreu, Policarpo mudou-se para o casarão e autoproclamou-se dono das terras. Eu sabia que as terras me pertenciam. Mas não tinha como dizer aquilo a Policarpo sem que ele me matasse como quem esmaga uma mosca.
Angustiada, fui consultar Iaiá, a mãe de santo iorubá. Depois de jogar os búzios, ela me disse:
— A senhora herdou uma terra maldita. O melhor que faz é devolvê-la à natureza.
Contrariando os conselhos de Iaiá, decidi ficar. Mas fiz uma coisa que já deveria ter feito há muito tempo.

Como já fazia três dias que eu não aparecia na sede da fazenda, Policarpo mandou um cativo ver o que tinha acontecido. Não que se importasse muito comigo. No fundo, torcia para que eu tivesse sido picada por uma das centenas de cobras que infestavam a fazenda desde a morte de Iyalodê.
Hoje, daqui de onde estou, acima do tempo, sei que ideia de me matar já tinha passado por sua cabeça. No entanto, ao contrário do francês, eu me tornara realmente querida pelos cativos. Não é que Policarpo se preocupasse com uma revolta na senzala. Era suficientemente temido para controlar mais de uma centena de pretos apenas com seu rebenque — e, eventualmente, uma morte para servir de exemplo. Mas havia uma coisa que

Policarpo temia e essa coisa era o que ele chamava de bruxaria. Já lhe bastava o que tinha acontecido com Iyalodê. A terrível canção da morta se fazia ouvir por toda parte. Era como se ela cantasse dentro de sua cabeça. O tempo todo. Já tinha ido à Igreja, conversado com o padre, feito promessa para os santos, mas nada silenciava a voz da cativa.

Não queria arriscar que coisa parecida acontecesse comigo. "É melhor deixar a bruxa viva", resmungava. Pena que, naquele tempo, eu não soubesse disso.

Agora eu sei que ele estava entretido com esses pensamentos quando o cativo retornou contando que eu estava cavando um pequeno fosso em torno de minha casa.

— Ela está demarcando o terreno da casa?

— Não sei direito. Parece que sim.

Policarpo começou a rir. Melhor assim. Eu que pensasse ser dona do terreninho. Na hora certa, ele me mostraria a quem pertenciam todas aquelas terras. Por enquanto, decidiu deixar por aquilo mesmo.

Se ele tivesse visto o que eu botava no fosso, não ficaria tão tranquilo. De cócoras, eu enfileirava cobras mortas ao longo do buraco, uma bem juntinha da outra, como se formassem um cordão de isolamento em torno da casa. Terminado o serviço, reguei as serpentes com uma infusão que misturava plantas com o veneno delas próprias. Antes de cobri-las com terra, tirei de meu pescoço o colar de contas presenteado por Iyalodê e enterrei-o também para certificar-me de que a casa estaria bem protegida.

XIII. A PROFECIA CUMPRIDA

Por que não segui o conselho de Iaiá e simplesmente abandonei minha terra? Meu destino estava ligado àquele torrão. Segundo Iyalodê, era ali que eu teria meus filhos. Havia um cordão umbilical que me ligava à sesmaria.

Também existia o medo, esse companheiro de toda mulher. Por mais corajosa que eu pudesse ser em vários momentos, no fundo, havia sempre uma apreensão, um motivo para defesa. Se eu fosse homem, reclamaria a posse da fazenda, que era minha por direito e no documento. Mas, como mulher, simplesmente deixei que a vida seguisse seu rumo.

Depois de poucos meses, quase não ia mais ao casarão. Policarpo não queria me ver por perto, isso tinha logo ficado bem claro. Selecionou algumas cativas para cozinharem e arrumarem a casa, e me proibiu de atender os cativos na senzala. Não reclamei. Não fazia a menor questão de cozinhar para ele. E aqueles que precisassem de minha ajuda sabiam onde me encontrar. Não foram poucas as vezes que fui até o casarão às escondidas para rezar criança, fazer parto e curar mordida de cobra.

Mas o centro de tratamento era mesmo minha casinha. Aos poucos, eu recuperava a vida que tinha aos dezesseis anos. Havia uma espécie de clareira no céu, exatamente em cima de meu telhado de taipa, como se o manto de nuvens cinzentas que cobria a fazenda tivesse um furo que deixasse passar a luz do sol. Aquilo era como um sinal de que ali só se fazia o bem.

Aquela era minha vocação natural e mal senti se passarem sete meses.

Certo dia, estava concentrada em minhas rezas quando percebi que alguém estava na soleira da porta. Como nem bem entrava nem ficava do lado de fora, o estranho bloqueava a passagem da luz. Ergui os olhos. Só vi uma silhueta. O que me tranquilizou foi o cheiro do homem, uma mistura de couro de sela de cavalo com ervas frescas, um hálito que, só pela respiração, já preenchia o ambiente.

— Quem é você? — perguntei com jeito de poucos amigos. Mas percebi que a voz me saía estremecida. Era aquele cheiro bom, que me amolecia. Além disso, achei que escutava a risada de Iyalodê a distância.

— Me chamo Pedro Missioneiro — respondeu o homem.

— Nome estranho. De onde você vem?

— De longe. Do Sul. De São Miguel das Missões.

Claro, o sujeito vinha de alguma antiga missão jesuítica.

— Posso ajudar em alguma coisa?

O homem fez que não com a cabeça.

Já impaciente, suspirei. Pedro continuava plantado na soleira da porta, com o chapéu na mão em sinal de respeito, olhando para os próprios pés e para uma sacola de couro que tinha deixado no chão.

— Não vai me dizer o que quer? — insisti.

Pedro acabou abrindo a boca. Disse que vinha viajando desde o Sul para levar uma encomenda para Dona Justa.

Olhei para a bolsa de couro que Pedro tinha deixado no chão. Mas estava desconfiada.

— O senhor vai me dizer que veio de tão longe só para me entregar esta sacola?

O homem abanou a cabeça. Não, aquela não. Agachou-se, abriu o saco de couro e tirou lá de dentro uma bolsinha de tecido pouco menor do que uma laranja. Estendeu a mão.

O tecido era bem velho e desbotado, e estava sujo de terra. Mas ainda era possível distinguir umas pinturas geométricas que eu podia jurar já ter visto antes nas marcas corporais de alguns cativos.

Cada nó era diferente do outro e todos estavam bem apertados. Foi preciso pinçar a tira de couro com paciência usando a ponta dos dedos até que a bolsinha revelasse seu conteúdo — um colar de contas, exatamente igual àquele que Iyalodê tinha me dado tantos anos atrás. O mesmo que eu enterrara juntamente com as cobras para fazer a proteção da casa.

Meu coração disparou.

— Quem lhe deu isto? — perguntei, sem levantar os olhos. Estava hipnotizada pelas contas coloridas.

— Uma mulher que encontrei no meio do caminho.

Em outras circunstâncias, as respostas lacônicas do homem teriam me deixado nervosa. Mas aquele colar vindo do nada e aquela lembrança tão forte de Iyalodê ocupavam todos os meus pensamentos. O que a sacerdotisa pretenderia me dizer, tantos anos depois de sua morte? Sem encontrar resposta, me lembrei de meus deveres de hospitalidade.

— Entre, senhor Pedro, por favor — disse, puxando a cadeira e a oferecendo ao homem, que preferiu ficar de pé. — O senhor não está com fome?

Estava. Enquanto eu avivava o fogo, espiava Pedro com o rabo do olho. Era um homem muito diferente daqueles que eu estava acostumada a ver. Impossível determinar sua raça. Seus cabelos eram cacheados, mas seus olhos eram amendoados e sua pele, marrom-avermelhada como a dos indígenas.

Esquentei um ensopado de frango com milho, enchi uma cuia grande e a botei sobre a mesa. Só então Pedro Missioneiro concordou em sentar-se.

— Então, me diga — recomecei —, quem era a mulher que lhe entregou este colar?

— Não sei o nome — disse Pedro enquanto metia grandes pedaços de frango na boca e chupava os ossos. — Mas era uma negra muito alta com desenhos marcados no rosto e nos braços.

Iyalodê. Tornei a ouvir a risada da sacerdotisa e meu coração voltou a disparar. Assim como muitos cativos, a filha do Daomé trazia marcados no rosto e no corpo os sinais que distinguiam seu povo. No caso dela, além das marcas tradicionais, havia também as da iniciação religiosa. E eram justamente aquelas marcas que estavam estampadas no tecido da pequena bolsa que Pedro me entregara.

Como se só então se lembrasse de alguma coisa, Pedro disse:

— Ela disse que é para a senhora botar isso no pescoço e nunca mais tirar.

Estremeci. Deixei que as contas deslizassem por minha cabeça até pousarem em meu colo e um longo silêncio caiu entre nós. Eu estava emocionada demais para falar. Só quando Pedro já tinha raspado a segunda tigela, voltei a interrogá-lo:

— E o senhor veio do Sul até o Rio de Janeiro só para me trazer uma encomenda de uma mulher desconhecida? — Ainda estava espantada com aquilo.

Pedro Missioneiro era mesmo um homem de poucas palavras. Mas, aos poucos, fui conseguindo extrair alguma coisa dele.

Precisara abandonar São Miguel das Missões (não explicou o porquê) e saiu sem destino. Poucos dias mais tarde, encontrou a mulher no meio da estrada. Ela lhe entregou o pequeno embrulho, mandou seu recado e desapareceu. Achou, então, que seu destino bem poderia ser a Fazenda Francesa, às margens do Rio Paraíba do Sul, no Rio de Janeiro.

Quando disse isto, ergueu os olhos pela primeira vez. Fiquei abismada. Pareciam duas esmeraldas faiscantes.

Sem dúvida, o destino de Pedro Missioneiro era o Rio de Janeiro.

Honorato nasceu dois meses antes de eu completar 32 anos. Em 1814, não era comum que mulheres estivessem vivas nesta idade — muito menos que dessem à luz pela primeira vez. O parto tranquilo e o menino saudável causaram espanto nas redondezas e fizeram minha fama correr ainda mais. Uma rezadeira que conseguia tal proeza com seu próprio corpo certamente seria capaz de fazer milagres em outros partos.

A admiração tornou-se ainda maior quando, no ano seguinte, emprenhei novamente. Tive uma filha linda. A menina combinava minha pele bronzeada com os olhos de esmeralda do pai. E, como nem o pai nem eu tínhamos origem bem definida, seu cabelo já desenhava os cachos negros que, mais tarde, a tornariam famosa. Minha filha era índia, era africana, portuguesa, tudo ao mesmo tempo. Uma menina espantosa de tão bonita. Pedro, que via nela todos os traços, nem teve dúvidas.

— Vai se chamar Branca — disse.

Ainda deitada, me recuperando do parto, comecei a rir.

— Tá doido, homem?

Mas, muito sério, Pedro respondeu:

— É Branca porque mistura todas as cores.

E Branca ficou sendo a menina de pele morena, olhos verdes e cabelos encaracolados.

Eu ria do que julgava ser um capricho do marido. E ainda estava assim, sorridente, com Branca no seio e Honorato deitado ao meu lado, quando chamei por Pedro e não tive resposta.

A porta estava aberta. Igualzinho ao dia em que ele tinha chegado. Mas assim que olhei para fora, soube que Pedro tinha partido.

Levei a mão ao pescoço e apertei o colar de miçangas que Iyalodê tinha me dado. A casa parecia tão vazia que dava vontade de chorar. Mas quem chorou foi Honorato, que com mais de um ano de idade não mamava mais. Me apoiei no cotovelo e me levantei.

Já tinha comida pronta no fogão. Suspirei. A partir daquele dia, teria que cuidar sozinha das duas crianças. Nunca mais Pedro faria a comida para sua pequena família.

Olhei pela janela. Minha roça estava bem viva. Havia galinhas no galinheiro e porcos no chiqueiro. O sol batia forte sobre a casa.

Teria o suficiente para criar os meninos.

XIV. A CABEÇA CORTADA DE DONA JUSTA

Dezoito anos mais tarde, Honorato cuidava da roça e dos animais. Tínhamos uma boa criação de galinhas, porcos, uma vaca leiteira e dois cavalos. Branca era boa cozinheira. E eu me concentrava em fazer aquilo que sabia ser minha missão na Terra: cuidar de quem me procurava. Era feliz daquele jeito e não via motivo para buscar outra vida.

No entanto, certa manhã, tudo mudou.

Eu e Branca estávamos dentro de casa. Chovia. Não a chuva maldita que encharcava o solo da Fazenda Policarpo a tal ponto que quase a impedia de produzir café, era a chuva benfazeja que regava minha plantação. Ainda assim, molhava tudo. Tive que fechar a porta e as janelas e deixar Honorato lá fora, abrigando os animais.

Sentada à mesa, Branca estava em silêncio ouvindo o barulho da água quando percebeu que outro som vinha de fora. Passos. Passos pesados, de bicho ou homem grande. E estavam chegando cada vez mais perto da casa. Fui a próxima a ouvir o som e senti meu coração disparar. Aqueles passos me faziam lembrar da tarde em que eu e Iyalodê fomos interceptadas por Policarpo.

Desde o assassinato do francês, quase trinta anos atrás, eu pouco tinha botado a vista sobre o focinho do feitor. Recusava--me a ir à sede da fazenda. Por isso, a proximidade daqueles passos me inquietava. Três fortes batidas à porta me fizeram dar um pulo. Embora não gostasse de Policarpo, não podia negar meu poder de cura a nenhum doente que me procurasse. Portanto, respirei fundo e abri a porta.

Observei, chocada, o estrago que o tempo havia feito no corpo do antigo feitor. Aos 58 anos, Policarpo era um velho de cabeça branca, com uma barriga imensa e uma papada que lhe caía sobre a gola da camisa. Anos de bebedeira haviam plantado duas enormes bolsas sob seus olhos. As pálpebras inferiores estavam caídas, deixando à mostra um interior rosa pálido que não indicava boa saúde.

O homem entrou na sala com o peito estufado. O rebenque ainda pendia de sua cintura. Mesmo decadente, mantinha a aura de crueldade que provocava temor. Mas logo vi que ele não estava ali para brigar. Precisava de um remédio para uma dor que lhe atravessava o pescoço de lado a lado, desde a garganta até a nuca — como se alguém lhe enfiasse um punhal invisível. Um punhal tão afiado como só um barbeiro conseguiria amolar. Ou seria uma navalha? Graças à dor terrível que lhe dilacerava a garganta, Policarpo estava com a voz tão rouca que mal se conseguia compreender o pouco que dizia.

— Há quanto tempo o senhor sente esta dor? — indaguei.

Policarpo baixou os olhos sem responder, mas eu podia adivinhar a resposta: Desde a morte do francês.

Ele se limitou a dizer:

— Está ficando pior a cada dia.

Comecei a vasculhar prateleiras em busca de mel, malva, sálvia e tomilho para fazer uma infusão. Ainda faltava o alho, que tinha se acabado.

Já ia pedir a Branca que fosse buscar o alho em Alta Cruz, um pequeno povoado que havia se formado ali perto, quando dei de cara com uma cena que fez meu sangue todo fugir.

Policarpo segurava minha menina pelos braços.

— Vosmicê faça o favor de largar Branca — eu disse, sem nenhum traço de medo na voz.

— Mas a senhora tem em casa uma moça muito linda — disse o homem com um fiapo de voz, ignorando meu pedido.

— Agradeço o elogio. Mas agora solte a menina ou vou furar sua garganta em vez de curá-la.

Mas Policarpo não se deixou impressionar. Continuou segurando Branca — que começava a se debater — pelos braços.

Foi esta cena que fez que eu me decidisse. Peguei, debaixo da cama, a caixa onde guardava a escritura das terras e a ergui bem alto.

— O senhor vai sair agora da minha casa. Em seguida, vai pegar suas coisas no casarão e sumir das minhas terras.

Policarpo teve um acesso de riso.

— Ficou maluca, benzedeira?

Joguei a escritura sobre a mesa.

— Pode olhar. As terras são minhas.

Você deve estar pensando que fui muito estúpida. E fui mesmo. Mas só me dei conta disso quando Policarpo me lançou um olhar debochado. Sem largar o braço de Branca, folheou o documento. Não era burro. Sabia que só podia ser verdadeiro. Tinha que pensar rápido. E pensou.

— Mas, se a senhora morrer, as terras passam para seus filhos, não passam?
Confirmei, sabendo que assinava minha sentença. Minha vitória tinha sido tão passageira que nem a vi esvair-se.
Policarpo sorriu e apertou ainda mais o braço de Branca.
— Pois vou me casar com sua filha.
E saiu arrastando minha menina, sem nem mesmo se preocupar em curar a rouquidão ou a terrível dor na garganta que, a partir daquele dia, aumentaria a ponto de deixá-lo mudo.

A partir daquele momento, foi como se a roda da História, que vinha torcendo lentamente minha vidinha de rezadeira, se soltasse do eixo e saísse destrambelhada pelo mundo. Pelo mundo grande, aquele que abarca a vida dos vivos e a vida dos mortos. Policarpo saiu arrastando Branca. Eu e Honorato atrás. Ao chegar ao casarão, ele entrou, trancou minha filha e voltou à porta, onde eu e meu filho gritávamos tanto que um grupo de cativos já começava a se juntar à nossa volta.
Sem titubear, Policarpo gritou para eles. Mandou que conduzissem Honorato para a masmorra do rio. Eu fiquei ali, de olhos arregalados, numa impotência medonha. Só me restava rezar. E foi o que fiz. Fiquei na porta do casarão rezando aos gritos, sem parar. Foi a noite toda assim. Quando o dia clareou, Policarpo abriu a porta com o facão do rebenque na mão e veio na minha direção. Agarrou meus cabelos e me mandou calar a boca. Não calei. Continuei chamando meus filhos e rezando. Senti meus cabelos sendo puxados para trás, uma dor aguda na garganta, a voz que, de repente, foi substituída por um gorgolejo cavo. Foi quando vi minha mãe, minha avó e minha bisa, as três

em fila, ao meu lado, prontas para me levar dali. Mas dei as costas para elas. Preferi permanecer entre os vivos, protegendo meus filhos de sangue, resultado do meu amor com Pedro Missioneiro. Até então não havia maldição nas terras. As cobras, a chuva, a canção do rio eram a simples reação da natureza à brutal agressão que vinham sofrendo desde a transformação da mata em sesmaria. O assassinato de Iyalodê só precipitou tudo.

Agora era diferente. Eu, que tinha domado minhas paixões a vida inteira, me transformara num turbilhão de raiva e desespero. Queria que as serpentes instilassem seu veneno em tudo o que era vivo e se movia, que a chuva secasse a terra, que as águas do rio envenenassem as almas.

É assim que são conjuradas as maldições. Elas nascem quando espíritos como eu, que conhecem o poder que possuem, se recusam a seguir o caminho traçado. A coisa certa a fazer seria ir com minha bisa e deixar Branca e Honorato entregues a seus destinos. Mas não consegui. A ideia de abandonar minha filha, tão linda, tão amada, nos braços de Policarpo, me impediu de seguir adiante. Eu tinha que cuidar dela. Por isso, deixei que minha mãe, minha avó e minha bisa partissem sem mim. Fiquei aqui, grudada nessa terra, sem a proteção das minhas guias, tomando conta de tudo, como um bicho furioso, até que a fazenda pudesse ser entregue a seus verdadeiros donos.

A partir daquele momento, a maldição seria eu.

Diz o povo que minha cabeça ficou espetada num pedaço de bambu, à vista de todos, até que Branca concordasse com o casamento. Contam também que só no dia da festa Policarpo permitiu que Matias, um dos cativos mais antigos, a retirasse da ponta da vara. Quando ele perguntou o que deveria fazer com minha cabeça, Policarpo riu e ordenou:

— Jogue na masmorra dos afogados. Honorato deve estar sentindo falta da mãe.

XV. ACORDE, MEU FILHO

Tudo que eu soube daqueles dias, soube mais tarde. Algumas coisas, Honorato me contou. Outras, simplesmente vieram até mim. De repente, eu me dava conta de que sabia de alguma coisa que até minutos atrás ignorava completamente. Nada mais era linear.

Por exemplo, embora eu não estivesse ali, sei que nos primeiros dias, Honorato tentou contar o tempo passado na masmorra empilhando pequenos ossos. Não funcionou. Desnutrido, logo não sabia mais se tinha dormido um dia inteiro ou só algumas horas. Conseguir água não era problema, o rio estava ao alcance de seu braço esticado. Mas, sem comida, ia rapidamente perdendo a noção das coisas. Às vezes não sabia se estava sonhando ou se estava acordado.

Era o que acontecia naquele momento. Ouvia vozes que pareciam ao mesmo tempo muito próximas e distantes. Passos de gente se aproximando. E a voz forte de Policarpo, inconfundível.

— Não discuta comigo, negro. Jogue a cabeça da bruxa dentro da masmorra ou quem vai lá para dentro é você.

A voz que gaguejava era a de Matias, Honorato conseguia reconhecer. Era um dos cativos mais antigos da fazenda.

Recolheu-se à parte mais funda da caverna e deitou-se, fingindo de morto. Logo escutou o som das chaves abrindo o portão de ferro e um baque surdo, como se uma pedra tivesse sido jogada ali dentro. O cheiro não deixava dúvida: era defunto já passado.

Matias já se preparava para sair quando foi interrompido por Policarpo:

— Será que o esconjurado já morreu?

— Acho que sim, nhô.

O negro permaneceu cabisbaixo. Tinha um profundo respeito por mim e ver minha cabeça insepulta lhe causava tanto sofrimento quanto se fosse alguém de sua família. Seus pensamentos foram interrompidos por Policarpo:

— Vá lá e veja se o rapaz está morto.

Honorato sentiu os passos trêmulos de Matias se aproximando. Por puro nervosismo, não conseguiu segurar a respiração. Assim que a mão do cativo tocou seu pescoço, seus pulmões puxaram para dentro uma boa quantidade de ar. Era impossível que Matias não tivesse percebido o movimento de seu peito.

No entanto, ele retornou calmamente à margem do rio e anunciou:

— Está bem morto, nhô.

Agora, os passos se distanciavam, mas Honorato não tinha coragem de se virar. Não queria ver minha cabeça separada do corpo. Permaneceu deitado, virado de costas, e adormeceu.

Foi mais ou menos naquele momento que comecei a me dar conta do que tinha acontecido. Eu estava morta, isso era certo. Minha mente flutuava, mas eu ainda tinha algum controle sobre ela. Conseguia dirigi-la até a festa, onde minha pobre Branca se casava com o rosto lavado de tantas lágrimas. Passeava sobre a plantação. Ia até minha casinha, agora abandonada. Minha consciência tinha se transformado em uma nuvem elástica, capaz de abranger uma quantidade imensa de detalhes e fatos, mas não de organizá-los. A lógica que eu experimentava era mais afeita à dos sonhos e visagens. Eu compreendia tudo. O problema é que, se quisesse intervir mais diretamente na realidade dos vivos, precisaria estar mais grudada nas coisas da terra. E o único suporte que eu tinha para aquilo era minha cabeça. O material já estava meio desfeito, os bichos faziam a festa com minhas carnes, mas ela era real e feita da minha substância. Teria que servir.

Comecei fazendo força para mexer os olhos. Era difícil — até mesmo porque a matéria que os tornara reais tempos atrás agora estava quase liquefeita. Por isso, eu não conseguia movê-los, não conseguia enxergar por eles.

Era como se eu estivesse dormindo, presa dentro de um pesadelo, sem conseguir acordar. Tinha que me concentrar, firmar o foco dos olhos e abri-los. Não sei quanto tempo levei tentando. Era exaustivo. Parecia que toda a minha energia precisava ser dirigida para ali, mas onde tinha ido parar minha força física? Um sono, uma incapacidade do corpo, uma lassidão impediam qualquer movimento. Nunca a inação tinha me parecido tão deliciosa. Mas era preciso lutar contra ela.

Tive a sensação de passar muito tempo tentando e fracassando até conseguir. Se me perguntassem, diria que alguns anos. Custei a perceber que minha noção de tempo agora era outra.

Quando, finalmente, consegui algum sucesso, a sensação foi extraordinária. Era como se eu me encaixasse novamente no meu corpo. Minha mente voltou a funcionar no plano estreito da matéria e me senti completamente viva. Minha visão das coisas voltou a se adequar à linearidade humana. Só então compreendi como era pequena e limitada a vida da carne. Mas fiquei feliz com ela. Tão feliz que dei uma risada. Ao meu lado, Honorato encolheu-se, apavorado.

Ele tinha despertado já no meio da noite com o som da festa que vinha do casarão. Não queria acordar. Não queria se virar. Não queria abrir os olhos na escuridão e não conseguir enxergar nada, sabendo que minha cabeça estava a pouco mais de um metro de sua perna direita. Não queria estar ali. Preferia mil vezes estar morto. Tentou dormir novamente. Mas aí eu dei a risada. Ele se sobressaltou. Eu aproveitei.

— Honorato. Vamos, meu filho, acorde.

Então, ele não teve mais dúvidas. Era minha cabeça que o chamava.

No começo, Honorato tinha nojo, eu sei. Mas foi minha cabeça que o manteve vivo por três anos. Parecia que meu crânio atraía cobras e ratos do mato. Mal o bicho passava pelo meio de minha boca aberta, *zapt*, meus dentes se fechavam com a velocidade de uma armadilha. Honorato pegava o bicho, nem sempre totalmente morto, e o comia com voracidade, como se ele próprio fosse um animal.

Todo dia, ele me perguntava:

— Quando vamos matar Policarpo?

E eu só podia responder:

— Quando chegar a ocasião certa.

Diante da indignação dele, eu lhe explicava:

— Existe uma hora para tudo.

Assim, os dias foram passando. Tantos que Honorato nem mais conseguia contá-los.

Até que um dia, eu disse:

— Hoje nasceu a segunda filha de Branca. Agora, ela tem duas meninas e um menino.

Honorato remexeu-se no seu canto. Não compreendia por que eu esperava tanto por aqueles netos. Eram crianças de sangue ruim, disse ele. Mas levou uma bronca:

— Nada que saia de Branca carrega sangue ruim. Vão ser os netos e os bisnetos dos filhos dela que limparão essa terra.

Agora, Branca tinha três filhos: Conceição, que foi logo apelidada de Cria; Policarpo Filho e Natividade.

Cria se tornaria benzedeira como eu e seria a zeladora das terras até a hora de nossos legítimos herdeiros a recuperarem.

Natividade se mudaria para Alta Cruz. Lá, se casaria e teria uma filha tão linda que não resistiria à inveja das pessoas da cidade. A menina cresceria tão adoentada que o povo lhe daria o apelido de Mudinha.

Policarpo Filho seria um homem fechado, com fama de louco nas redondezas. Casado com uma moça que morreria de parto, teria um único filho, chamado Claudionor.

Mas isso tudo só aconteceria anos mais tarde.

Agora, era minha hora de acertar as contas com Policarpo.

Eu sabia que, no tempo certo, tudo se encaixaria. É sempre assim. No momento determinado pelo destino, a engrenagem gira sozinha. A oportunidade surgiu poucos dias mais tarde, quando vi um peixe enorme aproximar-se das grades da masmorra.

— Honorato — chamei.

Meu filho dormia, todo enrodilhado, como já se tornara hábito. Eu sabia que, se ele não conseguisse a liberdade, em pouco tempo estaria ou morto ou louco. Não resistiria por muito mais tempo na masmorra.

Tive que chamar novamente e insistir antes que ele abrisse os olhos, ainda trêmulo de fraqueza.

— O que houve, mãe?

— Arranque um dente meu e jogue no rio.

Honorato olhou para minha cabeça como se eu tivesse ficado doida. Mas falei com minha firmeza habitual e ele obedeceu. Segurou o crânio entre seus braços, pegou um dente da frente e torceu. Saiu com facilidade em sua mão.

— Jogue no rio, meu filho. Vamos, não perca tempo — eu disse com uma animação na voz que não se ouvia havia muito tempo.

Honorato me obedeceu e perguntou:

— E agora? O que fazemos?

— Agora esperamos — respondi, enquanto observava um enorme peixe engolir meu dente como se fosse uma isca.

Passou-se um dia inteiro, mais um, e nada aconteceu. Honorato impacientava-se, mas não havia nada a fazer. Aquietei-me. Sabia que não adiantava me entregar à ansiedade.

Honorato estava deitado perto das grades olhando o movimento do rio, tão distraído que só escutou um ruído diferente quando já estava bem próximo.

Alguém tossia furiosamente, como se estivesse engasgando. Pelo som das botas, só podia ser Policarpo. Em seguida, ouviu um som cavo, como se o homem sufocasse, e um estrondo. Alguma coisa muito pesada tinha caído na água.

De onde estava, Honorato não conseguia ver o que se passava. Mas vozes se aproximavam.

Alguém dizia:

— Só vi que ele saiu feito um doido depois que comeu o peixe.

— Engasgou mesmo.

— Deve ter sido espinha.

A mesma voz que tinha começado a falar perguntava:

— Será que está morto?

— Deve estar.

— Vamos tirar ele daí?

Ninguém queria botar a mão no desgraçado. Um dos homens sugeriu que chamassem Branca, a pobre moça que estava trancafiada em casa havia três anos. Em seguida, as vozes se afastaram. Assim que percebi que estávamos sozinhos, falei:

— Agora preste atenção, Honorato.

— Atenção em que, mãe?

Mal fez a pergunta, Honorato viu os pés de Policarpo boiando no rio. Em seguida, o resto do corpo. A correnteza estava empurrando o defunto na direção das grades.

Apavorado, Honorato recuou para o fundo da gruta. Um dos braços do morto havia entrado por entre as grades e parecia querer agarrar suas pernas. Ficou paralisado, olhando para os dedos gordos que boiavam na água e pareciam se mexer sozinhos.

Foi minha voz que o tirou do estado de pavor:

— Olhe ali. Olhe ali, meu filho!

Uma chave estava pendurada numa corrente, presa à calça do homem.

Uma única chave.

A chave da porta da masmorra.

PARTE TRÊS

XVI. O INFERNO DE BENZADEUS

Eu vi quando o ajudante do Coisa Ruim carregou Benzadeus para o inferno. Vi lá do meu canto, lá na minha imobilidade, lá no fundo da cela do rio onde minha cabeça permaneceu, mesmo depois da fuga de Honorato. Ele quis me tirar de lá. Não deixei. Mas dei as instruções necessárias para que tudo corresse como deveria.

Nem tudo funcionou. Os documentos, ele conseguiu fazer. Mas o tempo encarcerado na masmorra do rio, tendo por única companhia minha pobre cabeça sem corpo, tinha estragado de vez seu juízo. Era para ele ser meu corpo, minhas mãos, minha capacidade de ação. Mas o pobre Honorato mergulhou cada vez mais fundo no espírito da cana fermentada e morreu poucos anos mais tarde, bêbado e sem dignidade.

Fiquei trancada na masmorra, pura consciência sem corpo, vontade sem capacidade, lucidez sem potência.

Por isso, eu vi Benzadeus, tão linda, naquela situação aflitiva, sem poder fazer nada – a não ser torcer para que ela tivesse sabedoria.

Eu sabia que, desde pequena, ela passava os dias imaginando como seria bom se livrar do manto preto. No entanto, quando aconteceu, tudo foi muito diferente do que ela sonhara. Não teve nenhuma sensação libertadora. Pelo contrário, naquelas circunstâncias, foi como se lhe arrancassem a pele.

O dia em que ela tirou o manto tinha começado tão normal que ninguém poderia imaginar que terminaria em tragédia. Ajudara a mãe na cozinha e saíra para buscar café e arroz na quitanda. Foi na volta, ao se aproximar da casa pela estradinha de terra batida, que percebeu que havia alguma coisa errada. Desde longe já podia ver grossos rolos de fumaça saindo pelas janelas e subindo para o céu. Pareciam fitas ao vento, dessas fitas pretas que a gente usa quando está de luto.

A visão fez com que ela corresse, mesmo sabendo que provavelmente não ia adiantar mais nada. Mas a gente também corre de nervoso, e foi isso que Benzadeus fez. Abriu a porta de casa de supetão e foi entrando, tropeçando em tudo.

Lá dentro, a fumaça era tão espessa que mal se podia enxergar. Mas, ao contrário da fumaça de fogo, que queimaria sua garganta, aquela parecia um mar de cinzas frias. Benzadeus tentava abanar o ar com as mãos, mas a fumaça não dispersava. Pelo contrário. Escorregava pelos seus braços como se fosse um tecido gelado. Isso foi o que mais a deixou impressionada: a temperatura.

Aquilo não era um incêndio. E não era sequer natural.

Deixou para pensar no assunto mais tarde. Agora, o mais importante era achar a mãe, de preferência viva. Apressada, foi esbarrando nos móveis e tateando a parede até chegar à cozinha. A Mudinha estava caída à beira do fogão. Não tivera tempo nem de desligar o fogo. A fumaça parecia sair das duas panelas destampadas, onde grandes pedaços de carne agora se encontravam carbonizados, espalhando pela casa um cheiro ruim, como se uma bruxa tivesse sido jogada à fogueira. A neblina escura, de péssimo agouro, não deixava ver mais nada. Só os pés e parte da perna da Mudinha.

Benzadeus ajoelhou-se ao lado da mãe, chamou-a, sacudiu-a. Nada. Resolveu, então, jogar um pouco de água fria em seu rosto. No entanto, ao apoiar a mão no chão para se levantar, teve seu olhar atraído para dois objetos pretos, a uma distância tão próxima que não chegava ao tamanho de seu braço.

Estendeu a mão e tocou em um sapato. Masculino. Engraxado e elegante de um jeito que não poderia pertencer a ninguém na região, nem mesmo aos fazendeiros. Recolheu rapidamente a mão, como se o sapato a tivesse queimado. Mas não era isso. Também eles estavam gelados.

Ao levantar os olhos, assustada, percebeu que pertenciam a um vulto parado no meio da fumaça.

Benzadeus recuou.

— Quem é você? O que está fazendo aqui? — Apesar do pavor, a voz da menina era firme.

— Vim buscar você.

Por um instante, ela acreditou que o homem tinha vindo prestar ajuda.

— Muito obrigada, mas estou bem. Preciso mesmo é de alguém que me ajude a levar o corpo da minha mãe lá para fora.

O homem deu um passo à frente e Benzadeus ficou com os olhos a um palmo de seus joelhos. Precisou levantar a cabeça para poder vê-lo. Em meio à bruma, destacava-se um rosto bonito, pálido, com os cabelos ou louros demais ou brancos, não dava para ver direito. Em contraste com a brancura do rosto e das mãos, vestia-se inteiramente de preto: calça, colete, camisa, paletó, gravata, meias, sapatos. Embora aquele fosse o vestuário normal dos homens elegantes em 1932, o conjunto chamava a atenção por causa da cor. Camisas e meias pretas não eram comuns. Para completar a estranheza que sua figura provocava, o homem sorria e mantinha a mão estendida em sua direção.

— Vamos, Benzadeus. Está na hora de você partir.

A voz, embora suave, era autoritária.

A menina estava estupefata. Quem era o homem? E por que a chamava com tanta intimidade?

— Por favor, moço, tenha consideração — ela pediu, enquanto abraçava o corpo inerte da Mudinha. — Preciso fazer o velório de minha mãe.

Para sua surpresa, o homem não lhe deu ouvidos.

— Já lhe disse que é hora de irmos andando — disse ele, impassível. Sem deixar que Benzadeus retrucasse, o estranho continuou: — Pode ficar tranquila. Sua mãe só está adormecida. Assim que você partir comigo, ela acordará.

Desconfiada, Benzadeus desabotoou o vestido da mãe e botou o ouvido sobre seu peito. De fato, o corpo ainda estava quente. E o coração palpitava, embora a pulsação estivesse tão fraca que mal se conseguia ouvir.

Ainda relutava em deixar a Mudinha caída em meio a tanta fumaça. Podia sufocar. Mas começou a ouvir vozes conhecidas vindas da estrada. Os vizinhos estavam chegando.

O homem apressou-a. Estava ficando nervoso.

Se a única maneira de salvar a mãe fosse seguir o estranho, era o que ela faria. Por isso, tomou coragem, levantou-se e deixou que ele a levasse pela mão.

Porém, antes de ultrapassarem a soleira da porta, o homem disse:

— O manto fica.

Aí Benzadeus sentiu medo de verdade.

A Mudinha nunca tinha permitido que ela o tirasse, nem mesmo dentro de casa.

Hesitou. Mas o estranho lançou um argumento definitivo:

— Vamos logo, garota. Quanto tempo acha que sua mãe vai aguentar ficar no chão da cozinha entre a vida e a morte?

A ameaça a fez decidir. Com uma única puxada, arrancou o tecido negro que a cobria e deu o primeiro passo na direção da rua.

O vento seco e quente de Alta Cruz arranhou sua pele e o sol a fez arder. Queria voltar a se cobrir com seu manto e correr para junto da mãe. Mas sabia que era impossível.

Muita gente imagina que o maior sofrimento de quem vai para o inferno é ter o corpo torturado e queimado. Mas logo Benzadeus descobriu que isso é bobagem. Ninguém carrega o próprio corpo para o inferno. É a alma que é arrastada para lá.

Depois de uma viagem de três dias, o estranho parou o carro no meio de um lugar tão ermo que parecia um deserto. Assim que saltaram, ele avisou:

— Você fica aqui.

Apesar de não gostar do homem, tampouco queria ser deixada sozinha em um lugar tão sinistro. Nunca tinha visto nada tão vazio. Para onde quer que se virasse, só conseguia enxergar um imenso areal acinzentado. Acima dele, o céu, da mesma cor do chão.

— O senhor não vai me acompanhar?

— Recebi ordens de deixá-la na porta de casa — disse ele, apontando para um ponto ao longe.

Benzadeus olhou na direção que o homem indicava. Em meio ao descomunal painel cinza que formava aquele mundo, havia um ponto mais escuro. Teve que forçar os olhos para perceber um volume cujo tom de cinza era ligeiramente mais escuro do que o resto. Ao aproximar-se, percebeu que tinha um portão diante de si. Virou-se para fazer mais uma pergunta, mas o estranho tinha sumido. Procurou o carro. Não havia sinal dele. Nem mesmo marcas de pneus na terra seca.

Estava só.

Benzadeus era acostumada a terras inférteis e lugares desolados. Era uma filha de Alta Cruz, a cidade onde nada vingava. Mas o que se estendia à sua frente era muito pior.

Parecia que toda forma de vida tinha sido extinta. Para onde quer que olhasse, só via o solo ressecado. Não havia mato, nem árvore, nem montanha. Nem pássaros no céu; nem mesmo insetos. Nenhuma vida no chão. Podia jurar que aquele solo não servia de abrigo nem mesmo para os vermes.

Até onde seus olhos alcançavam, o mundo era uma interminável planície de terra calcinada. Onde acabava a terra, começava o céu, tão estéril quanto o solo. Tudo era tão morto que mal se percebia a linha do horizonte.

Um único objeto interrompia a aflitiva monocromia: o portal no meio do nada. E foi naquela direção que Benzadeus caminhou.

Mesmo de longe, ela percebeu que se aproximava de uma bela peça, pesada, maciça, feita de bronze e coberta por uma grande quantidade de figuras em relevo. Cinza sobre cinza, o que dificultava a visão dos detalhes.

No entanto, quando chegou mais perto, pôde perceber que o que enfeitava o portão não eram os flórões e ornamentos que costumamos encontrar em obras parecidas, mas uma multidão de corpos. Gente atormentada que tentava escalar as altas portas para tentar escapar dali. Grupos desorientados. Contou mais de duzentas almas em sofrimento, cujos braços e pernas se entrelaçavam como uma renda macabra.

Quem quer que tivesse botado o portão ali queria dar um aviso. Seria perda de tempo tentar escapar. Cada um daqueles corpos — e eram muitos — parecia corresponder a uma alma que tentara fugir sem sucesso.

A figura que encimava o portão lhe despertou a atenção. No meio de tantas imagens desesperadas, um homem se mantinha sereno. Estava sentado, solitário. Parecia pensativo. E Benzadeus acreditou ter visto ali uma mensagem importante: não conseguiria fugir do inferno se estivesse movida pela emoção. Só a clareza da mente conseguiria tirá-la dali.

Movida por aquela certeza, dirigiu-se ao portão em passos firmes. Quando se aproximou suficientemente, as pesadas portas de bronze rangeram e começaram a se abrir.

Toda a coragem de Benzadeus se esvaiu naquele instante. O que quer que se apresentasse do outro lado seria insuportável. Resistiu à vontade de fugir, lembrando da mãe caída no chão da cozinha. Era preciso entrar no inferno.

Fechou os olhos, porque não conseguiria dar os próximos passos se visse o que a esperava. Sua imaginação fervilhava com tudo o que as beatas já tinham lhe contado: salas de tortura, câmaras de fogo, seres asquerosos, um calor terrível sem uma única gota de água para beber, almas penadas e todo tipo de aberração espiritual.

Não havia como recuar. Portanto, fechou os olhos e seguiu caminhando. Um, dois, três, quatro, cinco, seis passos. Pelas suas contas, já devia ter atravessado o portão. Parou. E escutou o rangido inconfundível das pesadas portas se fechando às suas costas.

— Pronto. Já estou no inferno — disse para si mesma. Agora, era hora de abrir os olhos e enfrentar o que fosse preciso para salvar a mãe. Mas seu pensamento foi interrompido pelo pesado ruído metálico de uma chave que trancava o portão. O ruído se repetiu sete vezes. Sete voltas de chave na fechadura. A cada estalido do metal, o coração de Benzadeus se contraía.

Até aquele momento, ainda imaginava que teria alguma chance de escapar. Não sabia exatamente como, mas julgava-se inteligente o suficiente para encontrar uma saída. No entanto, o fechamento do portão abalou seu ânimo. Para piorar, logo em seguida, seus ouvidos foram invadidos por uma verdadeira sinfonia de trincos se arrastando, anéis de ferro, correntes, mosquetões e cadeados. Parecia que aquilo nunca ia se acabar.

Suas pernas fraquejavam. Suava frio. Lembrou-se de uma vez em que deixou um copo cair no chão. Quando ia buscar a vassoura, sentiu uma fisgada no pé. Olhou para baixo — um caco enorme se enfiara no seu calcanhar. O chão foi lentamente se tingindo de vermelho enquanto ela se sentia cada vez mais tonta. Começou a ver umas luzes douradas e percebeu que seus joelhos se dobravam. Quando deu por si, estava na cama com a Mudinha ao seu lado. Seu pé já estava enfaixado. E ainda havia outro curativo, em seu ombro, que ela não se lembrava de ter machucado. A mãe sorria e passava a mão, que era tão macia, pela testa da filha. A Mudinha não era de muitas palavras, mas sabia comunicar seu amor.

Foi uma das vezes em que se sentiu mais segura em toda a vida. Perder os sentidos, não precisar tomar providência nenhuma e acordar com tudo resolvido — não existe nada mais confortador nesse mundo. É como cair e saber que alguém vai impedir seu corpo de se esborrachar no chão. *Isso* era ser protegida. Agora, tudo estava ao contrário. Teria que suportar sofrimentos que ainda nem podia imaginar para proteger a mãe.

Subitamente, o rangido das trancas cessou. O silêncio foi tão forte que Benzadeus pôde ouvir as batidas do próprio coração. Achava que podia escutar até mesmo o som do sangue pulsando por suas veias contraídas. Assustada, tentou abrir os olhos. Mas um torpor a impedia, exatamente como quando tinha cortado o pé e desmaiado.

O silêncio foi cortado pelo som de passos arrastados e uma respiração ofegante. Alguma coisa se aproximava por trás dela. Estava faminta. Farejava o ar. Vinha atraída pelo cheiro de sangue.

Aquilo deixou Benzadeus à beira do pânico. A decisão de usar apenas sua racionalidade, tomada pouco antes de atravessar o portão, foi abandonada como um saco de lixo na calçada. Precisava fugir. Por puro reflexo de sobrevivência, fez o impulso de quem vai correr. Mas seu corpo a deteve. Não conseguiu tirar os pés do chão. Suas pernas pareciam ter sido transformadas em bronze.

Em pouco tempo, percebeu-se rodeada por forças que não podia enxergar. Ouvia claramente o som de seus dentes cheios de saliva. E vozes sussurrantes, que falavam coisas numa língua que ela não conseguia compreender.

Estava cercada.

Já que não podia se mover, Benzadeus fez a única coisa que seu corpo ainda permitia: abriu os olhos. Precisava ao menos ver que criaturas eram aquelas. Tinha que saber onde estava.

Respirou fundo e começou a levantar as pálpebras, deixando que o cenário à sua frente se tornasse concreto. Mas o que viu estava muito além do que poderia imaginar.

Até onde sua vista podia alcançar, tudo o que estendia à sua frente era a mesma terra arrasada que Benzadeus tinha pisado até então. E o mesmo céu cinzento.
Parecia que ainda nem tinha atravessado o portão.
Surpreendeu-se ao perceber que podia mover o pescoço. Olhou para trás, pronta a encarar as criaturas. Mas nada havia ali. Nada mesmo.
Até o portão de bronze tinha sumido.
Benzadeus estava mais sozinha do que qualquer outro ser vivo já estivera. Só os mortos conheciam tamanha solidão. Ninguém poderia ajudá-la. Sua única companhia era a das criaturas que continuavam a sussurrar e a lançar jatos de respiração gelada às suas costas.
Teve medo. Não um medo comum, mas uma sensação de vazio, de ter sido varrida do mundo. Começou a olhar em todas as direções buscando uma saída, mas todas pareciam iguais.
Embora nunca tivesse estado antes no inferno, não era a primeira vez que Benzadeus estivera paralisada de terror. Uma cena estava bem viva em sua memória. Na ocasião, ela devia ter uns cinco anos. Suas costas colavam-se à parede da sala. Uma velha assustadora se aproximava dela. Não era uma desconhecida. Benzadeus sabia seu nome: Dona Cria. Mas estava sozinha em casa e tinha medo da velha. Dona Cria tentava lhe dizer alguma coisa, mas Benzadeus não queria ouvir. Naquele momento, a Mudinha chegou em casa e expulsou a velha. Em-

bora quase nunca falasse, naquele momento, sua voz se fez ouvir bem clara:

— Saia daqui, minha tia. Não quero minha filha metida nas confusões de nossa família.

Depois que a velha benzedeira se foi, a Mudinha disse à filha:

— Minha adorada, nunca esqueça que lhe dei o nome de Benzadeus para afastar de você todo o mal. Caso alguma coisa a assuste, lembre-se de seu nome. Diga bem alto: "Meu nome é Benzadeus."

À época, não entendeu direito o que a mãe queria dizer. Grandes coisas repetir o próprio nome. No entanto, ali, no meio do inferno, a lembrança lhe pareceu uma luz. Nunca tinha tentado escapar de nenhum perigo afirmando seu nome. Era hora de tentar. Encheu os pulmões de ar e tentou dizer:

— Meu nome é Benzadeus!

Sua garganta emitiu um fiapo de som. Parecia um passarinho estrangulado.

Tentou novamente. A voz ainda saiu muito fraca.

Mesmo baixinho, a menina foi tentando, repetindo, buscando ar para conseguir gritar.

Finalmente, depois de um tempo que lhe pareceu interminável, acreditou que alguma coisa estava começando a funcionar. Sentiu que seu corpo voltava a ganhar mobilidade. Seus braços e pernas retornavam à vida. Ainda repetindo seu nome, conseguiu dar um passo com dificuldade. Depois dois.

Parecia que a multidão de coisas-ruins só estava esperando que ela se mexesse para voltar a atacar. Logo voltou a ouvir o som de dentes famintos às suas costas.

Desta vez, conseguiu se virar. Mesmo não vendo nada nem ninguém, olhou para o vazio e conseguiu gritar:

— Meu nome é Benzadeus!
E saiu correndo.
Correu muito, mas parecia não sair do lugar. Seus pés batiam na terra, suas pernas se mexiam, mas nada acontecia. Por mais que corresse, estava sempre sobre a mesma terra morta. Era como se o lugar onde ela estava se estendesse ao infinito, sem nenhuma possibilidade de mudança.
Depois de um tempo que lhe pareceu longo demais, deixou-se cair no chão, exausta.
— Então, é isso o inferno.
Sentiu as presenças malignas às suas costas. Sempre às suas costas. Sempre fora do alcance de seus olhos. Sabia que, se virasse a cabeça, não veria nada. Mesmo assim virava. O medo era isso. A impossibilidade de verificar que não havia motivo para o medo.
O silêncio continuava atordoante, mas uma voz dentro da cabeça lhe dizia que não adiantava pensar. Estava condenada a sentir medo pela eternidade. Sua alma seria torturada até que...
Subitamente, Benzadeus interrompeu a voz.
Até o quê?
O que existiria depois de tanto pavor?
— O que pode me acontecer de pior do que estar viva e no inferno?
E, de repente, riu.
Nada mais poderia lhe acontecer. Já estava aprisionada no inferno em vida. Morrer não pioraria sua situação.
Por isso, gritou novamente:
— Meu nome é Benzadeus!
E desta vez, sua voz parecia um trovão.
Nos pesadelos, é nessa hora que conseguimos acordar, geralmente gritando no meio da noite. Benzadeus não estava so-

nhando. Mas o fato de conseguir gritar abriu um hiato no medo.
E tanto gritou que acabou desmaiando.

Acordou à beira de uma estrada, diante de uma estranha construção. Mais parecia um caixote do que uma casa. A fachada era toda de vidro, um vidro bem sujo, por sinal, coberto por inscrições em vermelho. Levantou-se e apoiou as mãos na vidraça. Viu um salão, cheio de mesas e cadeiras de cores berrantes espalhadas sobre um piso encardido. Não sabia o que era aquilo, mas vinha de dentro um cheiro de comida. E percebeu que estava faminta e morta de sede. Deu três passos e atravessou uma porta metálica que, ao contrário do portão do inferno, não tinha ornamentos e era surpreendentemente leve. O ar abafado tinha cheiro de gordura. Um longo balcão exibia vitrines de vidro, com linguiças e pedaços de carne boiando em óleo frio.

Apesar da imundície do lugar, Benzadeus sentiu-se aliviada, quase feliz. Havia vida ali, embora não necessariamente vida de boa qualidade.

Olhou ao redor para escolher uma mesa. Foi quando se deparou com o estranho, que estava sentado em uma mesa próxima ao balcão.

Antes de conseguir dar meia-volta e correr, Benzadeus foi agarrada pelo braço e conduzida até a mesa.

— Sente aí — disse o homem.

Benzadeus obedeceu. Mas só porque estava com fome. Sentia-se corajosa. Tinha conseguido escapar do inferno. Não seria qualquer diabo que a assustaria agora. Por isso, cravou seus olhos nos do homem.

— Acho que o senhor me deve uma explicação — disparou com a voz firme. E, antes que ele dissesse qualquer coisa, Benzadeus completou: — Além de um prato de comida e um copo d'água, por favor.

O "por favor" soou tão irônico que o homem olhou surpreso para ela. Não se parecia nem um pouco com a mocinha assustada que tinha carregado até as portas do inferno. Não tinha recebido nenhuma orientação específica. Não sabia o que podia e o que não podia contar. Tinham lhe dito simplesmente: encontre Benzadeus no restaurante Caminhoneiros e a devolva ao mundo até a meia-noite.

Detestava aquilo. Estava acostumado a seguir ordens bem detalhadas. Ninguém tinha lhe dito como deveria agir caso a mulher começasse a fazer perguntas. Se dependesse dele, contaria tudo de uma vez para se ver livre do problema. Por sorte, o balconista foi rápido com os pedidos. Logo, chegou carregando um prato feito repleto até a borda de arroz, feijão, bife, farofa e batata frita. Achava que aquilo a manteria ocupada durante algum tempo e não se enganou.

— Parece que não como há décadas — disse Benzadeus, enfiando na boca uma garfada maior do que conseguiria mastigar.

Falava e comia ao mesmo tempo, o que provocava um desagradável efeito sobre seu interlocutor. Aquela montanha de comida mastigada girando dentro da boca fazia lembrar essas máquinas de lavar roupa com um vidro na frente. Era nojento. Além disso, a mulher estava imunda e seus cabelos não passavam de uma massa desgrenhada.

Mas, fortalecida pela comida, Benzadeus estava disposta a compreender coisas que sempre lhe pareceram misteriosas.

— Quero saber por qual motivo o senhor me levou para o inferno — disse ela, num tom de voz que não admitia recusas.

O estranho pensou um pouco. Por fim, resmungou:

— É simples. As irmãs Agrestes fizeram um feitiço para que o diabo carregasse você para o inferno. Fui designado para a tarefa. — Ele riu diante do ar perplexo de sua interlocutora. — Você não esperava que o diabo em pessoa fosse buscar você, não é?

Não era isso. Benzadeus estava sinceramente impressionada pelo fato de alguém lhe querer tanto mal a ponto de fazer um feitiço.

— E seu trabalho era o de me levar até lá? — indagou, ainda tonta com a revelação.

O homem confirmou.

Benzadeus não sabia o que pensar. Sua boca estava seca e ela continuava faminta. Esfregou o rosto, como quem tenta acordar depois de uma noite maldormida.

Continuou bebendo a água diretamente do gargalo e enchendo a boca com grandes garfadas enquanto refletia. Foi quando um pensamento a atingiu com a violência de uma chicotada:

— Onde está minha mãe?

— Ela está bem — disse o estranho, com a voz um pouco hesitante. Na mesma hora, a mulher soube que ele mentia.

— O que aconteceu com minha mãe? — ela perguntou, alterando a voz. — Você me garantiu que ela ficaria bem se eu o seguisse.

O homem suspirou.

— É verdade. E ela realmente ficou bem. Mas, você sabe, o tempo passa. Uns dez anos depois do seu desaparecimento, ela morreu.

Benzadeus assustou-se. Não sabia que tinha passado tanto tempo no inferno.

— Há quanto tempo estou fora? — perguntou ela.

— Há cinquenta anos.

Automaticamente, Benzadeus levou as mãos ao rosto. Angustiada, afastou o prato e correu para o banheiro sem que o estranho procurasse detê-la.

Ao lado da cozinha, encontrou um pequeno recuo com duas portas encardidas. Cada uma delas era enfeitada — se é que se pode dizer isso — com uma página de revista. Grosseiramente arrancadas, e mais grosseiramente ainda coladas na madeira, uma retratava uma cantora da moda e outra, um galã de cinema. Empurrou o rosto da cantora, como se afastasse uma pessoa inconveniente, entrou e trancou rapidamente a porta.

Estava sozinha. Mas estar sozinha ali era diferente da árida solidão do inferno. O lugar era imundo, fedia a urina e fezes, mas estava vivo. Como para provar que sua impressão estava correta, uma enorme barata cascuda passou correndo entre seus pés. E ela nem ligou. Pelo contrário. Sentiu-se recepcionada em seu próprio mundo — um lugar onde as coisas ficavam sujas se ninguém as limpasse, onde as pessoas deixavam marcas por onde passavam. Tudo muito diferente do deserto de cinzas onde tinha passado cinquenta anos.

Meio século. Não conseguia acreditar.

A ideia era tão impressionante que Benzadeus lembrou-se do que tinha ido fazer no banheiro. Olhou em volta e encontrou o que procurava. Sobre a pia estava pendurado um pequeno espelho.

O pior era não ter nenhuma fisionomia com a qual se comparar. Benzadeus nunca tinha se olhado ao espelho. Não sabia como era sua cara quando foi levada de casa, aos 22 anos, e muito menos como seria agora, aos 72.

Por isso, aproximou-se cuidadosamente do vidro fosco. Teve que pegar um pedaço de papel para limpá-lo. E, à medida que o espelho ia mostrando seu rosto, pouco a pouco, Benzadeus se dava conta de como era bonita.

A imagem que o espelho lhe mostrava era a de uma mulher selvagem, imunda, desgrenhada e excepcionalmente bela. Velha, sim. Um rosto sulcado por rugas. Mas olhos luminosos, com uma expressão quente e vivaz. No entanto, o que mais chamou a sua atenção foi a cabeleira prateada, que se desmanchava em ondas sobre seus ombros. Sacudiu a cabeça e sentiu seu peso. Olhou para baixo. Os cachos lhe caíam até a metade das coxas.

— Era por isso que eu continuava a sentir o peso do manto sobre meus ombros — concluiu, olhando atentamente para a boca carnuda e os olhos enormes, castanhos e emoldurados por uma grossa franja de cílios perfeitamente desenhados.

Sem nenhuma dúvida, era bela. Quando se lembrava das mulheres que já tinha visto na vida — todas filhas de Alta Cruz —, ficava realmente impressionada com o contraste.

Não era de espantar que Pina, Dina e Vilda tivessem contratado o diabo para dar sumiço nela.

* * *

Agora estava novamente à mesa, terminando de atacar seu prato de comida. Olhava para o estranho com uma segurança que nem ela desconfiava que tivesse.

— Você tem que me contar direito essa história.

O homem sabia que ela se referia à própria história, tão envolta em mistério quanto o tempo passado no inferno. Ele a conhecia bem. Investigara sua vida desde que Benzadeus nascera. E ninguém tinha dito a ele que deveria guardar segredo. Portanto, colocou-se à disposição.

— O que você quer saber?

Benzadeus começou com uma questão incômoda:

— Quem é você?

Isso suscitaria outras perguntas. Perguntas que ele não poderia responder. Portanto, limitou-se a dizer:

— Não acha melhor se deter em sua própria história?

— Por que diz isso?

— Porque não temos muito tempo para ficar aqui. Preciso entregar você de volta ao mundo até a meia-noite. E não posso fazer isso com você vestida desse jeito. — O estranho apontou para suas roupas com um ar de desaprovação. — Além de antiquadas, essas roupas estão em trapos.

Benzadeus não achava que aquilo fosse realmente importante. Mas, pelo visto, o estranho dava muita atenção a roupas. Ele próprio estava cuidadosamente vestido com jeans, camiseta e jaqueta de couro preto — roupas que Benzadeus nunca tinha visto antes. Além disso, começava a anoitecer. Realmente, teriam pouco tempo.

— Conte minha história — pediu, então.

O estranho passou a mão pelos cabelos negros.

— Para entender de onde você veio, precisamos voltar no tempo até o finzinho de 1808, quando um francês chamado Armand Maurois ganhou uma sesmaria onde hoje ficam a Fazenda dos Afogados e a cidade de Alta Cruz.

— Uau! É muita terra — espantou-se Benzadeus.

O estranho assentiu.

— Uma sesmaria imensa. Tão grande que o francês nunca conseguiu tomar posse de toda a sua extensão.

— O que ele fazia?

— Era cirurgião-barbeiro.

Benzadeus riu. A ideia de um cirurgião-barbeiro lidando com terras era absurda até mesmo para ela. Parecia que o estranho adivinhava seus pensamentos.

— Foi mesmo complicado. Ele pretendia fazer ali uma grande plantação de café e chamou a propriedade de Fazenda Francesa.

Benzadeus se lembrava disso. Os mais velhos ainda se referiam à Fazenda dos Afogados como Fazenda Francesa.

— Mas deve ter conseguido — lembrou ela. — Muita gente ainda fala da Fazenda Francesa. Dizem que foi a maior produtora de café da região.

O estranho concordou:

— Foi sim. Mas quem transformou a mata virgem que cobria tudo em plantação de café não foi o francês e sim o administrador que ele contratou, um homem chamado Policarpo.

À simples menção daquele nome, Benzadeus arrepiou-se. Teve que forçar a memória para se lembrar de onde vinha aquele sentimento tão ruim. Sabia que já tinha ouvido falar nele, mas não conseguia se recordar. Subitamente, lembrou:

— A Fazenda Policarpo!

O estranho balançou a cabeça afirmativamente.

— Isso mesmo. O povo chama aquilo de Fazenda dos Afogados, mas o nome oficial é Fazenda Policarpo.

— Ele comprou as terras do francês?

O estranho suspirou.

— Não. Policarpo acabou assassinando o francês e ficando com as terras dele — resumiu.

— E o que eu tenho a ver com tudo isso?

— Você pergunta demais — impacientou-se o estranho. Como explicar o que era ser um anjo da guarda ao contrário? Como explicar que algumas pessoas, por maldição familiar ou feitiço, passavam a ter sempre o demônio rondando sua alma? Por isso esquivou-se da resposta: — Se você fosse como a sua bisavó, não precisaria perguntar nada. Teria vidência. Não precisaria confiar na palavra de qualquer um.

— Minha bisavó? — espantou-se Benzadeus. Nunca tinha ouvido falar em avó, que dirá bisavó.

— Nunca ouviu falar de Dona Justa? — Agora era vez do estranho se espantar.

Não conhecia o nome. Começou a achar que o sujeito estava tentando confundi-la.

— O que eu tenho a ver com essa tal Dona Justa? — perguntou.

— Era sua bisavó — disse ele. — Uma mulher extraordinária.

Benzadeus já estava impaciente.

— Nunca soube nada a respeito nem de pai, nem de avó, e muito menos de bisavó. — Sacudiu a cabeça irritada enquanto metia na boca os últimos pedaços do bife já frio.

O estranho consultou o relógio. Tinham pouco tempo. Como contar à moça que sua linhagem se iniciava numa tragédia? Como explicar todas as crueldades que Policarpo tinha feito? Como descrever os efeitos dessas crueldades nas gerações vindouras?

Mas Benzadeus tinha passado seus últimos cinquenta anos pensando. E fez a única pergunta que poderia desatar o nó daquela questão em poucos minutos:

— Minha bisavó Justa ainda está viva?
O estranho respirou fundo.
— Não exatamente.
Mas Benzadeus era mais esperta.
— Onde ela está? — perguntou a moça.
— Sua bisavó foi decapitada — gaguejou o sujeito. E antes que a moça o questionasse completou: — Policarpo a matou. Queria se casar com Branca, sua filha, e Dona Justa tentou impedir.

Benzadeus estava pensativa. Já tinha terminado seu prato. A comida tinha fortalecido seu ânimo. Fixou os olhos nos olhos do estranho e só naquele momento percebeu que suas pupilas não eram castanhas, como imaginava, mas vermelhas. Era realmente um funcionário subalterno do Demo. Mas isso não a assustou.

— Onde ela está?
O estranho gaguejou:
— Como assim? Já disse, foi decapitada. Dona Justa está morta.

Benzadeus não conseguia acreditar naquela resposta. Por isso, repetiu a pergunta:
— Onde minha bisavó está?
— Sua bisavó foi decapitada por Policarpo. — A voz do estranho soava muitas oitavas acima do normal, indicando que estavam entrando em terreno delicado.

E Benzadeus repetiu sua pergunta, dessa vez tornando-a mais precisa:
— Onde o corpo de minha bisavó foi enterrado?
O estranho não sabia mais o que responder. Subitamente, Benzadeus teve uma terrível intuição.

— Vocês o deixaram insepulto! — gritou ela, arregalando os olhos e apertando a toalha de plástico com tanta força que o homem temeu que ela fosse puxá-la, jogando tudo no chão. Então disse, fuzilando o homem com os olhos: — Vou repetir a pergunta que lhe fiz. E agora quero uma resposta exata, ou sou capaz de retornar ao inferno só para entregá-lo pessoalmente ao Capeta. Onde está o corpo de minha bisavó?

O estranho gaguejou:

— O corpo inteiro, não se sabe. Como contei, ela foi decapitada. Mas uma coisa é certa: a cabeça foi jogada na masmorra do rio.

Benzadeus percebia que ainda havia alguma coisa a ser contada.

— A cabeça ainda está lá? — perguntou, com uma surpreendente serenidade.

O estranho balançou a cabeça em concordância. Esperava que a moça não resolvesse fazer uma loucura, mas foi exatamente o que ela anunciou:

— Vou buscá-la.

— Mas para quê? — O sujeito se exasperou.

Como se não fosse óbvio.

— Para enterrar o corpo inteiro.

— Mas ninguém sabe onde está o restante da ossada — retrucou ele.

— Isso não será problema — disse Benzadeus, já puxando a cadeira para se levantar.

Deu um sorriso e completou:

— A cabeça me contará.

XVII. SUA HERANÇA SOU EU

E aqui chegamos quase ao fim de minha longa história. Ali está Margô, a descendente de Policarpo, em tudo uma herdeira de Alta Cruz. Que ela não pense que vou permitir que encoste a mão nas minhas terras... É com certo prazer que vejo seu corpo se retrair de medo assim que Bento a deixa só.

Sim, Margô se arrependeu de ter deixado Bento partir. Assim que o rapaz se afastou, o cavalo deixou de obedecer-lhe. Quando tentava fazê-lo andar na direção do rio, o animal batia os cascos no chão e sacudia a cabeça, relinchando de maneira assustadora.

Margô não era boa de montaria. Foi com grande dificuldade que conseguiu conduzir o cavalo por mais uns cem metros à frente. Ali, no entanto, ele estacou de vez com a crina toda arrepiada. Ao ver aquilo, ela sentiu seus próprios cabelos se arrepiarem também.

Não sabia o que fazer. Se prosseguisse sem o cavalo, corria o risco dele fugir e deixá-la sozinha. Mas a outra opção seria dar para trás sem conhecer a beira do rio.

Seria uma escolha bastante razoável. Poderia voltar lá outro dia, com mais calma. O problema é que estava fascinada. Embora a fazenda parecesse apenas uma grande dor de cabeça, era dela.

Verdade que sua herança não passava de uma fazenda abandonada, com um casarão em ruínas e fama de mal-assombrada. Isso a assustara um pouco ao chegar. Não tinha imaginado um cenário tão macabro. Mas agora já estava mais acostumada, alegre até.

Se pensasse bem, sua vida sempre tinha sido assim. Sempre precisou batalhar por coisas que não tinham tanta importância — fosse uma fazenda arruinada ou um cargo subalterno no trabalho.

Mais uma vez olhou sua propriedade. A chuva fina deixava tudo mais cinzento. Não conseguia compreender como a terra podia estar tão seca se ali não parava de chover. Teria que perguntar mais tarde a Bento.

De repente, deu-se conta de que havia naquele solo uma força irresistível. De alguma maneira, sentia-se em casa ali. Devia ser por causa da proximidade com Alta Cruz.

Fortalecida por esses pensamentos, amarrou o cavalo num tronco seco e começou a caminhar na direção do rio, torcendo para ter feito o nó da maneira correta.

A princípio, não sentiu nada de diferente. Se ali era realmente o coração da maldição, como o povo do lugar parecia acreditar, tudo não passava da mais rasteira superstição.

De fato, a proximidade do rio trazia uma mudança de qualidade ao ar. Como se tudo ficasse mais frio e silencioso. Embora continuasse a chover, o barulho das gotas caindo no chão ia diminuindo como se as gotas caíssem sobre almofadas.

Decidiu ignorar os sinais de perigo. O mais provável era que aquela umidade toda tivesse lhe dado alergia. Seus ouvidos deviam estar ficando entupidos. Por isso, o som ficava cada vez mais distante. Não estava com medo. A única coisa que sentia era uma excitação nervosa, quase uma euforia, que se tornava mais forte à medida que se aproximava do rio. Eram suas terras, repetia.

Desceu por uma ribanceira íngreme, tornada escorregadia pela chuva, se agarrando em pequenos tocos para não cair. Aquilo era realmente espantoso. Como as árvores podiam estar secas até mesmo na margem do rio? Começava a temer que talvez Bento tivesse razão. Talvez estivesse mesmo entrando numa região amaldiçoada. O vento cada vez mais gelado, que a fazia tremer, só aumentava essa sensação. Mas nem esse pensamento a fez desistir. São minhas terras, repetia com cada vez mais intensidade. Uma cobiça inexplicável a fazia desprezar o perigo.

Quando finalmente botou os pés na margem do rio, o vento aumentou e começou a sibilar. Em meio aos uivos do vento, acreditava ouvir uma voz de homem que a chamava:

Essas terras são suas. Não as devolva.

Claro que não ia devolver nada. Isso nem tinha passado pela sua cabeça. Embora aquilo a assustasse, sentiu que realmente tomava posse de suas terras. Nada a havia impedido até ali. Nem impediria. Se existisse alguma assombração no lugar, só poderia ser a que guardara as terras para ela.

Voltou a ouvir a voz do vento:

— Tome posse das suas terras.

Sentiu-se mais segura. A voz da cobiça, que já tinha começado a cantar assim que ela se aproximara do rio, estava mais forte.

Olhou em torno, já como a proprietária que inspeciona suas terras. A outra margem do rio, que pertencia a outra fazenda, era sombreada por um telhado verde formado pelas copas das árvores. Fazia um tremendo contraste com a margem de cá, que parecia ter sobrevivido a um incêndio. Nem uma folha se pendurava naqueles galhos cinzentos.

Sim, estava do lado errado. Mas sabia disso desde a infância. Nascera no lugar errado. Coisa que só os filhos de Alta Cruz compreendem.

Seguindo pela margem do rio, percebeu adiante uma reentrância no barranco, como se ali houvesse uma gruta.

Aproximou-se com cautela.

E ouviu novamente a voz no vento:

— Tudo que tem aqui é seu.

Pois muito bem, se a gruta também era dela, queria vê-la de perto.

Foi caminhando com cuidado pela margem estreita do rio até chegar bem perto da construção.

De fato, alguém tinha cavado uma caverna na ribanceira. Isso seria apenas curioso, caso sua abertura não fosse fechada por uma grade.

Aproximou-se mais. Embora parecesse pouco profunda, do lado de fora era praticamente impossível ver o que havia ali dentro. Era como se uma cortina de escuridão protegesse seus mistérios. Mas dava para notar uma grande quantidade de ossos espalhados em seu interior. E não tinham o menor jeito de serem ossadas de animais.

Então, Margô compreendeu. Ali devia ter sido uma prisão. Provavelmente uma prisão cruel. Devia ser por isso que o povo do lugar acreditava que a margem do rio era assombrada. Imaginavam que as almas dos mortos assombravam o lugar.

* * *

Mesmo em uma mulher prática e de pouca imaginação, a visão da masmorra provocava mal-estar. E havia o cheiro. Aquela catinga de terra mofada e túmulo, tão parecida com o fedor da escritura que recebera.

Aquilo tudo a deixou meio tonta. Afastou-se um pouco das grades e ajoelhou-se à beira do rio pensando em molhar o rosto e a nuca. Mas, no exato instante em que suas mãos tocaram a água, Margô sentiu um forte puxão em seu pescoço, como se alguém a tivesse agarrado pelo colarinho da blusa e afastado do rio. Foi derrubada de cara na terra úmida e, por um momento, não conseguiu ver nada.

Só ouviu.

Passadas pesadas, quase como se alguém marchasse. Barulho de botas, seguido do som de pés descalços. Uma voz grossa, provavelmente a do homem de botas, dizia:

— Joguem o filho da puta na masmorra.

O condenado implorava:

— Nhô, eu não roubei nada. Juro.

O som de um rebenque estalando contra um corpo cortou o ar.

O homem que chorava silenciou.

O de botas riu. Era um riso mau. Mesmo assim, inexplicavelmente, Margô foi tomada de simpatia por ele.

Abriu os olhos, sentou-se e ficou observando a cena que se desenrolava a sua frente como se fosse um filme. Achou o homem de botas bonito. E poderoso. Era ele que mandava ali, estava bem claro. Subitamente, se viu pensando que ele estava certo. Não importava tanto se o homem que chorava tinha roubado ou não. Os outros achavam que sim. Então, ele tinha que ser punido para desencorajar o restante do grupo. Era assim que se exercia o poder.

Claro que ela nunca tinha feito nada parecido, nem mesmo quando era chefe da seção onde trabalhava. Mas pegou-se pensando que sua vida teria sido muito mais fácil daquele jeito. Se ela própria tivesse a liberdade de enfiar seus subordinados numa masmorra, ninguém ia rir dela, ninguém ia fazer piadinhas pelas suas costas. Se tivesse uma masmorra, não precisaria fazer intrigas para derrubar seus concorrentes ao cargo de chefia. Não precisaria inventar maneiras de punir os subordinados, que não demonstravam o menor respeito por ela.

Suspirou. Nem mesmo na década de 1970, quando assumiu seu cargo de chefia, poderia ter produzido nada semelhante àquela prisão. Seria considerado um crime. O mundo tinha mudado muito desde que a masmorra tinha sido construída.

Por isso, olhava tão fascinada o modo como o homem de botas se livrava de um subordinado que o atrapalhava. Se ela tivesse um recurso poderoso como aquele, com certeza teria chegado a diretora.

Outras lembranças incômodas chegavam à sua mente. Ainda criança, a inveja que sentia das meninas que tiravam notas mais altas do que as suas. Lembrava-se do prazer de dedurar as que colavam para a professora. De esconder os livros das que realmente sabiam a matéria. Teria sido ótimo ter uma masmorra na escola também. Ah, sim. Também adoraria ter uma masmorra nas festas. Jogaria lá todas as meninas que atraíam os olhares dos meninos nos quais ela se interessava.

A voz do homem de botas interrompeu seus pensamentos. Agora ele olhava diretamente para ela e falava:

— Essa masmorra também é sua. Se for necessário, use-a para defender suas terras.

E, de repente, estava novamente ajoelhada na beira do rio, lavando o rosto para espantar o mal-estar que a cela dos afogados tinha causado nela.

Agora ela tinha uma masmorra para trancar seus inimigos.

E esse pensamento lhe deu uma alegria como nunca tinha sentido em toda a vida.

XVIII. ESTÁ NA HORA

Margô ainda estava à beira do rio quando percebi que, pela primeira vez em 150 anos, eu conseguia mexer meu corpo. Meu pobre corpo enterrado no centro do antigo cafezal, agora coberto de capim alto e seco.

Só existia uma explicação para aquilo. Alguém devia estar se aproximando. Uma mulher, uma mulher de meu sangue, minha herdeira de poder. Quase não senti o peso da terra quando estendi o braço para o alto e fui cavando até que minha mão surgisse no meio do campo, como uma planta que brotasse. Em seguida, fiz o mesmo com o outro braço.

Ninguém viu meu corpo emergir da terra seca, meu pobre corpo sem cabeça, que agora tentava se livrar das raízes do matagal para se colocar de pé.

Como ninguém viu, ninguém se assustou com a visão das minhas pernas tentando dar os primeiros passos. Os joelhos mal conseguiam se articular. Depois de tanto tempo imobilizados, pareciam enferrujados. Não era para menos. Embora os ossos pudessem suportar a ação do tempo, as cartilagens e músculos já tinham sido comidos pelos vermes. Sem eles, as articulações ficavam duras, tornando os movimentos difíceis e deselegantes.

O corpo que começava a caminhar pelo mato em nada lembrava meu gingado natural, meu requebrado fácil. Mas era exatamente eu que, 150 anos depois da morte, voltava ao mundo dos vivos para reclamar o que era de minha família.

    E tinha tanta coisa que era minha e precisava ser recuperada. Para começar, minha cabeça. Só com o corpo completo sepultado minha alma teria sossego. Mas havia também a escritura das terras, covardemente roubadas por Policarpo. Com alguma dificuldade, meu corpo virou-se na direção do rio. Lentamente, comecei a dar os primeiros passos na direção de meu descanso.

    E, de cara, percebi que uma coisa havia mudado. Meu olhar. Mesmo que minha cabeça ainda estivesse dentro da masmorra, pelo simples fato de meu corpo emergir da terra, agora eu via tudo. O que estava ao meu alcance e o que não estava. O que eu sabia e o que ignorava. Nenhum mistério estava fora do meu campo de conhecimento.

    Se eu ainda tivesse um coração, ele estaria explodindo de energia. Mas era eu, era Justa Silvério a poucas horas de unir sua cabeça a seu corpo, de mandar lavar seus ossos para entregá-los ao Altíssimo.

A primeira coisa que vi foi Margô observando a grade de ferro da masmorra.

    Sentia-se dividida. Uma parte de si dizia que devia voltar para casa e retornar outro dia, com mais tempo. A tarde já estava indo embora. Não tinha trazido nem mesmo uma lanterna. Mesmo que não houvesse nenhuma assombração ali, a noite devia ser cheia de perigos. Podia tropeçar, quebrar uma perna e ficar caída à beira do rio até que alguém a encontrasse, sabe-se lá quantos dias mais tarde. Podia ser mordida por uma cobra. No entanto, a voz da cobiça cantava em seu sangue. A visão de Policarpo tinha funcionado como um catalisador. Era como se o sangue dele tivesse permanecido adormecido em suas veias até aquele momento e agora tivesse despertado.

A descoberta da prisão do rio a deixara aliviada. Ali estava o motivo do medo do povo. Uma antiga masmorra. Só isso. Era verdade que algumas pessoas deviam ter morrido de formas horríveis naquele lugar. Mas e daí? Não deve existir nem um centímetro de terra no mundo onde alguém não tenha morrido de forma horrível. E não se pode dizer que o mundo inteiro é mal-assombrado.

Tranquilizada por seu raciocínio, Margô decidiu ver a cela dos afogados de perto. Só por um minutinho. Disse a si mesma que seria como visitar um museu de cenas macabras e aproximou-se da gruta com passo firme, tentando imitar a autoridade do homem de botas que vira em seu devaneio.

Apoiou-se na grade tentando espiar o interior. Não dava para ver nada. Encostou a testa entre duas barras de ferro. Com um suave rangido, a grade cedeu.

Naquele momento, voltou a sentir o cheiro de mofo e terra velha impregnado no envelope que recebera. E teve certeza de que ele tinha saído dali. Botou só a cabeça para dentro. Espichando bem a vista, dava para perceber um pedaço de terra revolvida, bem onde poderia ter estado enterrada a escritura das terras. As mesmas escrituras que estavam agora muito bem guardadas na mochila às suas costas.

Decidiu entrar.

De fato, o cheiro era o mesmo. E as ossadas espalhadas explicavam o fedor de túmulo grudado em sua papelada. Ficou de joelhos e arriscou-se um pouco mais para o fundo da masmorra.

Remexeu a terra, afastou alguns ossos e lamentou que a luz do dia já começasse a ir embora. Quanto mais tentava ver o lugar onde os papéis tinham estado enterrados, mais escurecia. Até que chegou a hora em que realmente precisava voltar. Com mais alguns poucos minutos, seria noite. Tinha decidido que se hospedaria em Alta Cruz para retornar à fazenda na manhã seguinte. Então, com mais calma, examinaria a masmorra. Levantou-se com cuidado para não bater a cabeça no teto e deu dois passos, encurvada, até a porta.

Estava trancada.

Não se lembrava de tê-la fechado. Afastou o mal-estar que aquilo provocava, segurou a barra de ferro e puxou com mais força. A porta resistiu, possivelmente por causa da ferrugem acumulada. Insistiu mais um pouco. Nada.

Todo o medo contra o qual vinha lutando desde que chegara à fazenda transbordou naquele momento. Tentou manter a mente sob controle, enquanto o corpo emitia todos os sinais de alarme do pânico: suor gelado escorrendo pelas costas, coração disparado, boca seca, falta de ar, um tremor que sacudia seus braços e pernas.

Era uma loucura ter ido ali sozinha, percebia agora. Mas na hora tinha parecido tão natural. As terras a chamavam. Chegou a ver seu antepassado abrindo passagem para que ela pudesse chegar aos recantos mais sombrios de sua propriedade.

Então, por que logo agora a masmorra a traía? Por que a tratava como se fosse uma escrava desobediente? Por que a castigava daquele jeito?

Puxou a porta com toda a força, mas ela resistiu. Enquanto machucava os dedos na tentativa de abri-la, ouviu uma voz bem nítida vinda do fundo da masmorra:

— Não adianta. A porta não vai abrir.

A voz parecia sair de um amplificador de última geração, o que contrastava com o quão abafados eram todos os outros sons. Só aquilo já lhe dava uma qualidade tão sobrenatural que Margô começou a achar que podia estar sonhando. Olhou para trás, procurando quem falava. Não havia ninguém. Só ossos espalhados.

No entanto, colocado em cima de uma pedra, percebeu um crânio virado para o fundo da gruta. O meu. Não se lembrava de tê-lo visto na hora em que entrou. Nem poderia, já que o fundo da masmorra permanecia na mais espessa escuridão. Meu crânio, no entanto, agora era bem visível.

— Quem é você? — perguntou, tentando manter a voz firme sem nenhum sucesso.

Desta vez, viu muito bem quando minha cabeça girou em sua direção, como se olhasse diretamente para ela. E percebeu o movimento dos maxilares quando minha voz declarou:

— Eu estava esperando por você.

Para Margô, minha cabeça era uma bizarrice. Não só por permanecer tão visível em meio à escuridão do fundo da masmorra, mas também porque me faltava um dente da frente. Mas aquela seria uma das últimas coisas que conseguiria ver. Vinda com a noite, uma escuridão medonha cobriu tudo com um espesso manto de cegueira.

Mesmo sabendo que não enxergaria mais nada, Margô rolava os olhos em todas as direções. Onde estaria o homem das botas? Tinha certeza de que ele a socorreria.

Comecei a rir.

— Se estiver esperando que Policarpo venha acudi-la, pode desistir.

Então, o nome do homem das botas era Policarpo, descobriu Margô.

Eu estava começando a me divertir.

— Ora, pobre criatura, Policarpo nunca entrou aqui. Nunca teve a coragem.

Margô aprumou-se. Mesmo apavorada, não estava disposta a ser confrontada por um crânio descarnado. Imaginava que fosse uma escrava jogada ali pelo dono das terras. Era só o que lhe faltava. O velho orgulho retornou e ela retrucou:

— Ele é dono dessas terras. Dono da masmorra, inclusive.

— Estava revoltada com meu tom de deboche.

— E que mal ele poderia fazer aos mortos? — Continuei a rir. Mas, de repente, minha voz ficou séria: — Até hoje, aqui só entraram pessoas de bem. Você é a primeira exceção.

Margô não gostou do meu jeito de falar. Era a voz de uma mulher velha, com um toque de autoridade que ultrapassava a fronteira entre a vida e a morte. Uma voz de quem não tem medo. Tentou reagir:

— Não vou admitir este tipo de desrespeito nas minhas terras! — exclamou, tentando manter a voz tão firme quanto a minha. Não conseguiu. A frase saiu desafinando pela garganta.

Percebeu que estava com as costas comprimidas contra as grades e que seus dedos se agarravam às barras de ferro com tanta força que já começavam a ficar dormentes. Não havia como negar: estava apavorada.

E meu crânio ali, encarando do fundo da escuridão.

Finalmente, Margô resolveu ser razoável.

— O que a senhora quer de mim? — O "senhora" saiu com um inevitável tom de desprezo, que não me passou despercebido.

— Eu? — Segurei a vontade de rir. — Eu não quero nada. Mas temos uma reunião marcada. Você não recebeu o convite?

Que diabos de convite seria aquele? Margô se angustiava cada vez mais.

— Não sei de convite nenhum.

— Deve estar junto com as escrituras — disse meu crânio, com uma voz estranhamente neutra.

Margô lembrou-se do envelope fechado. Não tinha lido seu conteúdo. Mas também não teve tempo de pensar em mais nada porque ouviu o som de alguém se aproximando. O ruído de passos era muito nítido. Apesar da escuridão, podia apostar que era alguém de idade. O som era hesitante, como se a pessoa botasse um pé na frente do outro com cuidado para não tropeçar na escuridão.

— É você, Cria? — perguntei.

— Sou eu, minha avó — era a voz da velha que chegava.

Ouvi o som da porta que rangia, como se Cria a empurrasse sem a menor dificuldade. Mas Margô tinha certeza de que a velha também ficaria trancada assim que entrasse na masmorra. E não gostava nada dessa ideia. Por isso, falou:

— Não entre aqui, velha. Este lugar está enfeitiçado.

A risada da velha foi bem audível.

— Enfeitiçado para quem, minha filha?

Margô sentiu que um braço a empurrava. Alguém entrava na masmorra e procurava um lugar para sentar. Era a velha, sem dúvida. Mas ela parecia muito à vontade. Até emocionada, quando exclamou:

— Minha avó!

Embora Margô não pudesse vê-la, tinha certeza de que ela botava minha cabeça de caveira em seu colo e a beijava.

— Cria, minha neta! — Minha voz estava tão emocionada que, se Margô não estivesse trancafiada ali, teria se comovido.

Antes que pudesse pensar em qualquer coisa, voltei a escutar os passos de outra pessoa. Alguém trazia uma luz. Dava para ver claramente o facho de uma lanterna cambaleante se aproximando cada vez mais.

Quando Margô olhou na direção das grades, ficou momentaneamente cega com a luz forte. Aquilo seria capaz de iluminar uma mina de carvão inteira. Mas a recém-chegada podia vê-las sem a menor dificuldade. Ao dirigir o facho para o rosto da velha que meu crânio chamava de Cria, pareceu espantada.

— Tia? O que a senhora está fazendo aqui?

Dona Cria não pareceu espantada ao vê-la.

— Entre, Benzadeus. Estávamos esperando por você.

A partir daquele momento, tudo ganhou um tom de irrealidade para mim. Eu via, falava e sentia por intermédio do meu crânio, o mesmo que estivera em ação por 150 anos dentro da masmorra. Por outro lado, era como se meu esqueleto, que se aproximava lentamente, ampliasse minha consciência de uma maneira absurda. Eu via, sentia, cheirava, sabia muito mais do que podia supor.

Assim como fizera a tia, Benzadeus empurrou a grade, que se abriu suavemente. Dobrou um pouco as costas e baixou a cabeça para conseguir entrar na masmorra, e botou a lanterna acesa em cima de uma pedra.

Pareceu só então perceber meu crânio.

— Bisavó! — exclamou, também com a voz tão emocionada que Margô teve vontade de rir. Sem dúvida, era uma reunião de família bem estranha.

Benzadeus sentou-se no chão e olhou diretamente para Margô.

— Uma filha de Alta Cruz — disse, sem tirar os olhos da mulher. Havia um laivo de mágoa em sua voz.

— Então, estamos todas aqui — disse meu crânio. Em seguida, me dirigi a Margô: — Você poderia abrir a carta que acompanha a escritura das terras?

O turbilhão de emoções provocado pela visão de Policarpo transformou-se em raiva. Não sabia o que diria a tal carta, mas com certeza não era nada bom para ela. A visão tinha lhe dito para lutar. Mas depois tinha desaparecido. Como ela poderia brigar por suas terras ali, trancada numa cela minúscula com uma cabeça de caveira e duas mulheres que pareciam aparentar-se?

Sentia-se encurralada, como se tivesse caído numa armadilha. Fechou os olhos e começou a chamar por Policarpo com toda a concentração de que era capaz.

— Você não diz que sou a dona das terras? Não diz que elas são nossas? Então, venha e me ajude a conquistá-las.

A última coisa da qual se lembraria direito era a cara de Benzadeus enquanto a observava com o que parecia ser uma genuína preocupação.

Benzadeus dirigiu-se a ela:

— Abra a carta, por favor.

Era um tom quase amigável e Margô agradeceu por isso. Mergulhou a mão na mochila e puxou o velho envelope. Do lado de fora, estava escrito:

Este escripto entregar-se-á de hoje a 150 anos, junctamente com a escriptura das terras da Fazenda Policarpo, antiga Fazenda Franceza, á descendente de Policarpo que estiver viva e sallutiphera. Mas ella só poderá abril-a e lê-la depous de visitar a herdade, que a partir do recebimento d'estes escriptos passa a lhe pertencer até ordem em contrário.

Assignado por Honorato Silvério, representando Justiniana Silvério, aos 14 de agosto de 1832.

Dentro, na mesma caligrafia, havia uma carta, não muito extensa.

Hoje, cinco de dezembro de 1836, com a morte de Policarpo Honório da Silva, a escriptura de posse de minhas terras me foi devolvida. No entanto, este homem trouxe para essas terras a terrível maldição da cobiça, do desrespeito e da inveja. Embora a escriptura permamneça em meu nome, ele roubou dessas terras o que elas tinham de melhor: a generosidade. Por isso, minha cabeça sepparada de meu corpo permamnecerá aqui, à beira do rio, até que a terra expie os peccados de seu usurpador. Nada nascerá aqui, a não ser as serpentes que já a habitam e que, junctamente com minha netta Cria, serão as guardiãs do duro processo de purgação e cura.

Exactamente no dia cinco de dezembro de 1982, o herdeiro ou a herdeira de Policarpo que estiver vivo e sallutiphero deve trazer a escriptura para cá e entregal-a, com o coração leve e livre de rancor, aos meus descendentes que aqui estiverem. N'este mommento, meu corpo se erguerá da terra onde se encontra enterrado sem reza e virá se junctar à cabeça. Assim, meus familiares faram as cerimônias requeridas por Deos para que minha alma encontre a paz.

Justiniana Silvério

Ao ouvir aquilo, Margarete rapidamente estendeu a mão com a escritura. Queria que alguém a pegasse. E bem rápido. Perturbada como estava, não teve certeza de tê-la entregado a Benzadeus, mas achou que era a coisa certa a fazer.

Foi quando todas ouviram o som de passos vindo ao longe. Algo se aproximava com dificuldade, como se não conseguisse andar direito. Uma carga elétrica atravessou o corpo de Margô. Não queria ver aquilo. Agachou-se bem no fundo da cela, fechou os olhos e, para ter certeza de que não veria nada mesmo, cobriu o rosto com as mãos. Ficou ali paralisada, sentindo o coração aos pulos, tentando permanecer quase invisível. Se pudesse, se transformaria em pedra.

Finalmente, os passos se aproximaram da grade de ferro. As quatro mulheres permaneceram com a respiração suspensa. Margô não viu, mas ouviu muito bem quando o som de algo duro como um osso esbarrou na grade de ferro. Em seguida, escutou o suave rangido da porta se abrindo.

Não aguentou mais. Embora soubesse que aquela não era a coisa mais inteligente a fazer, deu um grito de gelar as entranhas dos peixes dos rios.

Era um grito de pavor, de dor, de horror por tudo aquilo.

Bastou que meu corpo se encontrasse com meu crânio para que produzisse um efeito impressionante. Foi como se o meu espírito tivesse sido jogado para as alturas. Dali, eu tudo via, mas sem me misturar a mais nada. Eu não pertencia mais à terra. Já podia levar meu conhecimento para outros lugares.

E voei, voei para longe.

XIX. A PAZ

Não havia muita gente em meu enterro. Cria, Benzadeus e um padre encontrado nas redondezas ajudaram a baixar o corpo a terra, finalmente completo, exatamente no local onde, tantos anos atrás, um feitor de nome Policarpo havia assassinado uma sacerdotisa daometana de nome Iyalodê.

Estavam nos fundos do casarão. Pouco adiante, via-se a ruína da antiga senzala. Ali havia sido um pátio de triste memória, onde Policarpo mantinha seu tronco de castigos. Agora, não havia mais nada, só mato seco. Mas uma terrível vibração podia ser sentida, como se emanasse da própria terra.

— Você não sente? — perguntou Cria à sobrinha.

Benzadeus sentia. Mas não conseguia localizar sua origem tão bem quanto a benzedeira.

— Venha até aqui — disse a velha. — Fique de pé exatamente neste ponto. — E voltou a apontar o lugar no chão.

Benzadeus aproximou-se. E, quando seus pés tocaram o ponto indicado, sentiu uma vibração tão forte que quase desmaiou. Era como se milhares de serpentes furiosas jorrassem continuamente daquele pedaço de terra. Afastou-se, ainda tonta.

— Percebe agora o que eu quero dizer? — perguntou Cria.

A moça confirmou.

— Sei que minha avó pediu para que enterrássemos seu corpo aqui. Mas não gosto dessa ideia — disse a velha. Como se falasse sozinha, resmungava que alma nenhuma teria descanso com o corpo sepultado ali.

Mas Benzadeus era teimosa e insistiu:

— Se minha bisavó pediu para ser enterrada aqui, aqui vai ser.

Retornaram à casa de Cria, onde meu corpo, já completo, estava sendo preparado.

Desde que minha cabeça tinha sido reunida ao corpo, eu emudecera. Minha ossada jazia deitada sobre a cama de Cria, a mesma cama que 150 anos atrás tinha sido minha. A intervalos regulares, eu percebia que meu esqueleto estremecia, como se ainda estivesse se acostumando a estar completo — ou a estar morto. Aquilo não escapou ao olhar de Benzadeus.

— Minha tia, não podemos enterrar a bisavó enquanto seus ossos não se acalmarem — observou.

Cria aproximou-se de um panelão de barro que estava sobre o fogão a lenha e entregou uma cuia à moça.

— Temos que lavar o corpo — explicou.

Benzadeus aproximou-se da panela. Estava cheia com um líquido verde, claro e transparente. Cheirava bem. Já ia mergulhar as mãos ali dentro quando levou um tapa.

Era Cria, que a olhava como quem olhasse uma garotinha desmiolada.

— Não bote a mão aí.

E, diante do ar de surpresa da outra, explicou, com ar severo:

— Esse banho é para ajudar a alma a desgrudar do corpo e seguir seu caminho em paz. E não é isso que queremos para você — resmungou enquanto se voltou para um baú que estava num dos cantos da casa incrivelmente apinhada de coisas. Levantou a tampa da arca, meteu a cabeça lá dentro e disse a Benzadeus que me banhasse.

Durante algum tempo, só o que se ouviu foi o som da cuia mergulhando na panela e da água de ervas escorrendo por entre meus ossos. Eu via tudo meio de longe, como se não fosse mais eu quem estivesse ali. Quando a panela já tinha sido esvaziada de quase metade de seu conteúdo, sem tirar a cabeça de dentro do baú, Cria disse:

— Já está bom. Pode parar.

Quando se levantou, trazia uma moeda na mão e parecia pensativa.

Aproximou-se do meu corpo defunto, abriu minha boca e jogou a moeda lá dentro. Como era de esperar, a moeda bateu nas vértebras, rolou e caiu no chão.

— O que está fazendo, minha tia?

— Tenho que botar essa moeda na boca de minha avó para que seu assassino possa ser pego.

Benzadeus surpreendeu-se.

— Mas Policarpo não está morto?

Cria riu. Para ser minha bisneta, Benzadeus era incrivelmente ingênua.

— Não seja boba. A alma dele está lá dentro do casarão e não quer sair de jeito nenhum.

— E quem vai lá para pegá-la, ou expulsá-la ou seja o que for?

A expressão de Cria era quase divertida quando respondeu:

— Você. Quem mais seria?

Por fim, conseguiram prender a moeda entre meus dentes, terminaram de arrumar meu corpo num caixão improvisado e o arrastaram até o local do sepultamento.

No meio do caminho, Cria disse a Benzadeus:

— Agora, você já sabe como preparar um defunto, não sabe?

A moça fez que sim com a cabeça.

Mas seu pensamento estava em outro lugar.

A cerimônia do meu enterro foi simples. O padre, que não fazia a menor ideia de quem tinha sido Dona Justa, fez um falatório impessoal, benzeu o lugar e retornou à sua igreja. Logo após a partida dele, Cria pegou sua varinha e escreveu várias palavras em torno do túmulo, enquanto dizia coisas que Benzadeus não conseguia compreender.

Tudo terminado, dirigiu-se à sobrinha.

— Está na minha hora. Vou para casa descansar. Me encontre lá no fim da tarde.

Ainda estavam na metade do dia. Benzadeus não fazia ideia de como empregaria seu tempo até o fim da tarde. Talvez fosse melhor entrar logo no casarão e resolver o que fosse preciso lá dentro. Embora não tenha falado em voz alta, Cria concordou:

— Sim, faça isso, minha filha.

— Mas como vou expulsar a alma danada de Policarpo lá de dentro?

Cria voltou a olhar para a sobrinha daquele jeito meio divertido, meio espantado.

— Da mesma maneira como você escapou do inferno. Da mesma maneira como ensinei você a fazer quando ainda era uma garotinha assustada.

Benzadeus pestanejou. Preferiria que houvesse um banho de ervas ou um feitiço que a ajudasse. Mas, como sempre, só poderia contar consigo própria.

— Agora vá, vá — Cria a apressou. — E seja o que for que aconteça lá dentro, esteja aqui fora antes da noite cair.

Quando se virou para falar mais alguma coisa, Cria já havia sumido.

Benzadeus olhou para meu túmulo. Não sentia mais a energia terrível que até então emanava daquele lugar. Como que para testar, aproximou-se. Decididamente, a vibração maligna estava se desfazendo. Podia sentir o trabalho das almas de luz dispersando lentamente a névoa daninha. Viu, não muito longe de si, uma mulher alta e negra que a olhava fixamente sem dizer nada. Não sabia quem era.

À sua volta, tudo era silêncio. A fazenda, naquele momento, era estranhamente semelhante ao inferno. Espantou o pensamento. Precisava concentrar suas forças na luz. Respirou fundo e caminhou até a lateral do casarão, onde o reboco já tinha sido destruído havia muito tempo. Prosseguiu até a frente e dirigiu-se à porta com passos firmes.

Antes de empurrá-la, inspirou profundamente e tentou controlar as batidas de seu coração. Não compreendia por que sentia tanto medo. Desde que voltara do inferno, nada mais a havia assustado. Mas, assim que seus dedos tocaram a porta, teve um lampejo de compreensão.

Sua visita ao inferno tinha sido resultado de uma encomenda das irmãs Agrestes. O problema estava na inveja delas e não em nada que dissesse respeito diretamente a Benzadeus. Agora, era diferente. Tratava-se de um problema de família. Cada célula do seu corpo estava envolvida naquilo. Era uma questão de herança.

De devolver o que pertencia à gente do seu sangue. E ainda havia alguma outra coisa, que só viria a entender bem mais tarde.

Antes mesmo de empurrar a porta e entrar, soube que a briga ali seria muito mais dura e perigosa.

Estava muito escuro no salão. Apesar da porta ainda aberta e das janelas com venezianas arrebentadas, que deveriam deixar entrar alguma luz, não era possível enxergar coisa nenhuma. Benzadeus sentiu que os pelos de seu braço se arrepiavam. Lembrou-se de sua mãe dizendo: "Se você tem um quarto iluminado e outro escuro, e abre uma porta entre os dois, é o escuro que vai clarear e não o contrário." Mas aquela regra não valia ali dentro. Tinha entrado em um território de onde a luz havia sido banida.

Era o lugar perfeito para abrigar um exército de almas danadas. E Benzadeus não tinha nenhuma dúvida de que elas estavam ali. Podia sentir sua presença com mais precisão do que teria percebido uma pessoa encarnada ao seu lado.

Em algum momento, a vibração do lugar mudou. Tornou-se mais pesada e cruel. Instintivamente, Benzadeus olhou para a porta por onde tinha entrado. Estava fechada. Tinha sido trancada silenciosamente, quase como se as criaturas quisessem evitar assustá-la demais. Pelo menos, naquele momento. "Estou sendo conduzida para uma armadilha", percebeu. Então concentrou-se, repetiu seu nome ("Meu nome é Benzadeus, meu nome é Benzadeus, meu nome é Benzadeus") e pediu ajuda à bisavó. A imagem da negra alta veio à sua lembrança. Se estava com Dona Justa, também devia ser um ser de luz. E pediu: "Seja lá quem for a senhora, se o seu intento é desfazer esta escuridão medonha, me coloco em suas mãos."

São decisões que se toma em meio ao perigo e mais tarde nem se consegue explicar por que tomou. Benzadeus confiou na mulher que a tinha assustado antes. E pronto. Tem gente que chama a isso intuição. Mais tarde, ela diria que não tinha opção. Não poderia lutar sozinha.

Desconfiou que a decisão tivesse sido acertada pela reação imediata do exército de almas penadas. Sentiu um brusco deslocamento de ar à sua esquerda, como se alguém tivesse passado por ali muito zangado. E àquele seguiram-se outros. Logo, percebeu-se cercada por seres que se mostravam muito contrariados. O som de alguma coisa pesada sendo arrastada se fez ouvir. Logo a seguir, um estrondo, muito perto de seu braço, indicou que alguém havia jogado – o quê? um móvel? – na sua direção.

Alguém sussurrou: "não fique parada". E decidiu seguir o conselho. Era um som sibilante, como se tivesse sido pronunciado por uma serpente. Como que para confirmar sua intuição, ouviu um silvo à sua frente. E resolveu deixar-se guiar por ele.

A partir dali, o caos se instaurou. Se, inicialmente, a ideia das criaturas era a de atraí-la para algum lugar de onde não pudesse convocar a luz, tinha se modificado. Benzadeus teve que se concentrar no silvo que ouvia à sua frente. Não era fácil. Sentia-se golpeada a todo instante, fosse por rajadas de ar, fosse por objetos atirados em sua direção. Ergueu os braços na frente do rosto, conjurou seu mantra ("Meu nome é Benzadeus") e mergulhou no turbilhão.

Seguiu o silvo da serpente por salões, quartos e aposentos que não conseguia identificar. Atravessou corredores, escapando quase milagrosamente de paredes que desabavam à sua passagem.

Em certo momento, quase tropeçou. Seus pés tatearam degraus de pedra. A serpente descia. Benzadeus nunca tinha visto o casarão por dentro, mas sabia que ele não possuía nenhum porão. Estava sendo conduzida para um ambiente subterrâneo.

Na descida da escada, as almas tornaram-se mais agressivas. Algumas se materializavam à sua frente. Mostravam os dentes, estendiam braços apodrecidos na direção de seu rosto, jogavam contra ela seus corpos escamosos e gelados. Em mais de uma ocasião, percebeu unhas afiadas tentando se aproximar de seus olhos.

Enquanto avançava com dificuldade, Benzadeus conjecturava se aquelas forças furiosas realmente poderiam fazer mal a ela. Sem dúvida, poderia ser soterrada por uma parede que desabasse, ou atingida por um móvel atirado contra seu corpo. Aqueles eram fenômenos físicos capazes de causar danos muito concretos. Mas o pior de tudo era o terror. Se não conseguisse controlar o próprio medo, acabaria tropeçando nos degraus íngremes, ou até mesmo sufocando num ataque de pânico. Portanto, concentrou seu pensamento na luz e seguiu o sibilar da serpente.

Não sabia quantos degraus já tinha descido, mas eram muitos. O ar tornava-se mais e mais frio e úmido, e aquilo parecia excitar as almas penadas. Estavam em seu habitat natural. Em dado momento, Benzadeus esticou a perna para pisar no próximo degrau e não o encontrou.

Mesmo sem conseguir enxergar nada, pelo eco do sibilar da serpente, soube que estava em uma câmara subterrânea. Avançou com cuidado, sentindo as pedras frias e cobertas de limo que calçavam o chão. Qualquer descuido poderia ser fatal.

Ali parecia ser a morada do exército de almas penadas que guardava o casarão. Ali estava o coração do mal. Benzadeus podia senti-lo pulsando nas pedras escorregadias.

A serpente não parecia especialmente impressionada com a pesada vibração do lugar. Continuava deslizando pelo chão, como se procurasse algo. Farejava o ar, Benzadeus podia perceber.

Agora, não sabia mais o que fazer. O sibilar da serpente ora parecia vir de um lugar, ora de outro. Ao que tudo indicava, a área da câmara era maior do que a do próprio casarão. Pelo eco do sibilar da cobra, Benzadeus calculou que abrangia também a antiga praça de tormentos dos cativos e parte da senzala. Isso queria dizer que iria se deparar com a ossada da bisavó a qualquer momento. E o pensamento lhe deu arrepios.

Foi como se o medo abrisse uma comporta dentro de si e as almas danadas lhe sentissem o cheiro. Imediatamente, foi cercada por dentes arreganhados e risadas debochadas. Tentou voltar a se concentrar no sibilar da serpente, mas era tarde. Seus inimigos já haviam percebido que a única maneira de fazê-la se perder da serpente-guia era fazendo barulho. E foi o que fizeram. Um estardalhaço tamanho que Benzadeus não conseguia mais se localizar. Quando se deu conta, girava em torno de si mesma sem sair do lugar. As almas gargalharam.

Estava, enfim, presa na armadilha.

Desorientada, foi facilmente cercada. Agora sentia muito claramente os rápidos deslocamentos de ar em torno de seu corpo. E risadas. Muitas. Gargalhadas. O exército de abominações de Policarpo estava prestes a obter mais uma vitória.

Naquele momento, Benzadeus viu todos aqueles que a precederam na caminhada casarão adentro. A começar por Honorato, cuja sanidade, já enfraquecida por anos de clausura à beira do rio, não resistira à força daninha das pobres almas famintas. Mas havia outros. A moça nunca supusera que tantos aventureiros tinham tentado botar a mão na fortuna deixada pelo francês. Seus cadáveres estavam expostos como troféus numa galeria. E, embora a câmara estivesse mergulhada na mais profunda escuridão, seus corpos tinham adquirido uma estranha luminosidade, que os tornava visíveis como os espectros que realmente eram.

As almas gargalhavam. "Tem um lugar reservado para você", sussurravam em seu ouvido. "Bem ali", diziam algumas e mostravam um canto vazio na imensa parede de pedra.

Alguns fachos de luz cortavam a escuridão. Mas a intenção das almas não era a de orientar Benzadeus. Pelo contrário, pretendiam aterrorizá-la, mostrando cadáveres presos em muros de pedra.

No entanto, em uma dessas passadas de luz, Benzadeus viu a serpente parada, não muito longe de onde ela estava. O animal estava enrodilhado sobre uma pequena laje de pedra, como se a guardasse. Precisava conseguir chegar até lá.

Mal deu o primeiro passo naquela direção, as almas perceberam o que ela pretendia fazer e atacaram com fúria dobrada. As imagens que surgiam recortadas na escuridão eram tão terríveis, seus gritos tão apavorantes, que Benzadeus temeu não conseguir.

Era ali que se escondia o segredo, talvez um tesouro. Fosse o que fosse que estivesse sob a laje de pedra, era precioso o suficiente para que Policarpo conjurasse uma poderosa feitiçaria para proteger. Mas também poderia ser outra coisa, refletiu Benzadeus. Talvez ali estivesse a única coisa capaz de limpar a bruxaria do casarão.

Aquele pensamento a animou. Foi repetindo seu nome, tentando controlar as batidas furiosas de seu coração e dando um passo após o outro na direção da laje.

Quando já estava a cerca de dois metros do local, percebeu que as fúrias já não a atacavam com tanta energia. O que existia sob a laje as enfraquecia. Elas não ousavam se aproximar demais dali. Ainda podia ouvir seus gritos raivosos, mas cada vez mais distantes.

Finalmente, conseguiu chegar até a laje. Sentiu que a serpente se afastava e tateou até tocar em uma pedra quadrangular, de cerca de cinquenta centímetros de lado. Tentou movê-la. Parecia chumbada no chão. Estava ajoelhada diante da pedra, ainda tentando afastá-la, quando sentiu uma poderosa presença chegando à câmara subterrânea. O ar ficou gelado e até mesmo as almas danadas silenciaram. A coisa chegava na forma de um plasma mais escuro do que a própria escuridão, como uma fumaça úmida e malcheirosa. Antes que pudesse reagir, a coisa a cobriu como se fosse um manto sufocante. Uma voz grave e rouca falava ao seu ouvido:

— Pois então a bisnetinha veio ficar junto da vovó, não é?

Benzadeus não conseguia se mover nem falar. A coisa era pesada e a envolvia de tal modo que a sufocava.

— Parece que você perdeu a hora — dizia a coisa. — A noite chegou.

Não podia ser verdade. Mas, pensando bem, até poderia. Benzadeus não sabia havia quanto tempo estava dentro do casarão. Sem nem uma réstia de luz, não veria quando a noite caísse.

A coisa deu uma risada.

No entanto, lá do fundo de si, Benzadeus ainda sentia a própria força. Estava enfraquecendo rapidamente, mas ainda existia. Precisava alcançá-la. Concentrou-se, pediu ajuda à luz da bisavó e da mulher desconhecida. Começou a ouvir uma voz que vinha de muito longe. No princípio, não compreendia nada do que dizia. Depois, aos poucos, as palavras passaram a fazer sentido.

> *Deus te benze para curar*
> *Deus te benze para sarar*
> *Deus te benze para livrar*
> *De tudo quanto é mal*
> *Se foi vento mau*
> *Se for mau-olhado*
> *No vento ele veio*
> *No vento ele vai*
> *Pra onde não tem nada*
> *Que Deus criou.*

Reconheceu a reza que tantas vezes sua mãe fazia. Parece que foi o que a inspirou a dar à filha o nome de Benzadeus.

Sentiu uma mão sobre sua cabeça. Não era a da criatura maligna, mas uma mão suave e benfazeja. Tentava manter sua mente clara. E a reza prosseguia.

Fortalecida pela presença, Benzadeus repetiu o próprio nome, respirou fundo e empurrou a pedra com toda a energia de que ainda dispunha.

A pedra cedeu pouco mais de um centímetro. Mas foi o suficiente para que o buraco escavado que ela cobria emitisse um facho de luz. Foi um alvoroço. As almas penadas, que já haviam recuado para as paredes quando a coisa chegou, saíram em debandada, como uma nuvem de morcegos apavorados.

E, ao contrário da luz do dia, aquela luz atravessava a escuridão com facilidade.

A coisa ruim começou a recuar. Benzadeus aproveitou e empurrou a pedra mais alguns centímetros. A luz foi tão forte que a moça precisou botar a mão na frente dos olhos. E agora a reza se ouvia bem alto.

Deus te benze para curar
Deus te benze para sarar
Deus te benze para livrar
...

Quando conseguiu olhar novamente para a depressão cavada no chão, Benzadeus surpreendeu-se. Primeiro, retirou dali um caderno. Debaixo dele tinha um embrulho de pano com um conjunto de colares de miçangas coloridas. Ainda havia alguma coisa a mais e Benzadeus supunha que fosse o ouro da fazenda. Mas não tinha mais tempo.

Precisava sair do casarão com o dia ainda claro. Seria preciso abrir todas as portas e janelas para deixar a claridade entrar. Pegou o caderno e o pacote e dirigiu-se à escada. Agora iluminada, ela podia ver como era imensa a câmara subterrânea. Mas viu também outra coisa. Uma coisa que a emocionou. Três mulheres a seguiam.

A primeira, ela conhecia. Era a Mudinha, sua mãe, que continuava rezando. Ao lado dela, uma mulher de seus setenta anos, os cabelos já brancos e a pele dourada, sorria para a bisneta. Era eu, novamente paramentada com meu vestido branco de benzedeira. Ao meu lado vinha uma mulher negra, alta e forte, coberta com colares muito semelhantes àqueles que Benzadeus tinha encontrado. Iyalodê.

Acompanhada por nós três, Benzadeus foi andando pela casa e abrindo todas as portas e janelas.

O dia ainda estava claro. Depois de 150 anos de trevas, a fazenda era novamente banhada pelo sol, que deixava largas tiras de luz no chão de cada cômodo aberto pelas mulheres. Depois de abrir todas as janelas do salão, dirigiu-se à porta. Antes de puxá-la, olhou para trás. As três mulheres haviam desaparecido. Mas Benzadeus não se preocupou. Sabia que estariam sempre com ela.

XX. O ADEUS DE CRIA

— Minha tia!

Benzadeus vinha pelo caminho tão ansiosa para contar tudo para Cria que já gritava antes mesmo de entrar na casa.

A velha rezadeira estava deitada em sua cama com os braços cruzados sobre o peito.

Parecia morta.

— Minha tia! — O segundo chamado foi como um lamento.

Cria despertou. Mas ainda parecia muito cansada.

— Calma, minha filha. Ainda estou por aqui.

Benzadeus sentou-se a seu lado na cama e contou tudo o que acontecera. Com grande agitação, mostrou à velha as coisas que tinha encontrado na câmara subterrânea. Cria sorriu ao ver aqueles objetos.

— O livro de rezas de minha avó!

Pegou nas mãos, folheou, acarinhou as páginas com as pontas dos dedos.

— E essas coisas aqui, o que são? — perguntou Benzadeus mostrando os colares.

Cria olhou tudo com curiosidade.

— Quem escondeu essas coisas sabia o que estava fazendo — disse a velha.

— Terá sido Policarpo? — perguntou Benzadeus.

A benzedeira negou.

— Duvido muito. Ele as teria queimado. Quem guardou isso tão bem guardado queria proteger o conhecimento que está aqui, mas também impedir que o usurpador botasse a mão no ouro do francês.

— O ouro está lá?

Cria confirmou:

— Está enterrado logo abaixo de onde estava o caderno e os objetos sagrados de Iyalodê. Acredito que minha mãe, Branca, tenha escondido tudo isso lá. Ela era prisioneira dentro de sua própria casa, mas andava por todos os cantos. Teve tempo suficiente para enterrar esses tesouros.

— Mas por que Policarpo não os pegou? Ele devia saber onde estavam, não sabia?

— O espírito de Iyalodê deixou ali sua serpente.

— Eu a vi! — interrompeu Benzadeus. — Foi ela que me conduziu até onde estava o tesouro!

A velha concordou:

— É Dangbé, a serpente sagrada da Nação Jêje. É ela que rege a imortalidade, a preservação da vida.

— E nesse caso preservou também o conhecimento dessas mulheres. — Benzadeus estava emocionada.

Naquele momento, a moça olhou pela janela. Um belo arco-íris cruzava o céu de lado a lado. Mostrou à tia. Cria sorriu.

— Dangbé também pode assumir a forma de um arco-íris.

— Parece que ela está partindo — observou Benzadeus.

— Agora que essas terras estão livres da maldição, provavelmente vai cuidar de outras terras, de outras pessoas aflitas.

Essas palavras fizeram Benzadeus se lembrar de uma coisa:

— Minha tia, amanhã cedo vou voltar ao casarão. Quero lavar tudo aquilo e...

— Não — interrompeu Cria.

— Por que não?

— Deixe a casa respirar sozinha por um tempo. Deixe a luz do sol entrar mais profundamente. Amanhã, preciso que você faça outra coisa.

Cria queria que Benzadeus saísse à procura de Bento e o trouxesse de volta.

— Agora ele já pode retornar — falou com um suspiro.

Benzadeus já ia perguntar quem era Bento quando percebeu que a tia estava estranhamente quieta.

Morta.

Levantou-se e foi até o fogão. A panela com o banho dos mortos ainda estava pela metade.

Cria tinha pensado em tudo.

XXI. O ÔNIBUS

Com o dinheiro dado pela mãe adotiva, Bento alugara um quartinho de pensão. Passava os dias procurando emprego. Mas, até aquele momento, não tinha conseguido nada. Só uma grande preocupação ao observar o bolo de dinheiro emagrecendo a cada dia.

Ele até já conhecia o ritual. Chegava às quatro da manhã para guardar um lugar na fila que se formava diante das empresas que ofereciam empregos. Muitas vezes, quando ele chegava, a fila já estava longa, desenhava uma cobra de gente no escuro da madrugada. Às nove, abriam o portão e aquela montoeira de homens com a cara estremunhada de sono ia sendo engolida, aos poucos, pela sala onde se faziam as entrevistas. Era sempre a mesma coisa, depois de horas de espera, uma entrevista rápida e a promessa de que iam telefonar em breve. Nunca telefonavam.

Por isso mesmo, naquele dia, estranhou quando chegou à sede da Viação Boa Viagem e viu a rua deserta. Achou que tinha errado de endereço. Perguntou ao vigia, que confirmou, era ali mesmo.

Às seis da manhã, ainda havia apenas ele e mais três candidatos ao emprego de motorista de ônibus. Quando começaram a chamar para a entrevista, só mais cinco pessoas, além dele, estavam na fila de espera.

Assim que entrou na sala do gerente para a entrevista, não resistiu e perguntou o motivo de tanto desinteresse. O homem riu.

— Não é desinteresse não. É medo mesmo. — E completou com uma risadinha. — Ninguém quer pegar essa rota no horário noturno.

— E posso saber o motivo? — perguntou Bento.

— Melhor saber mesmo pra, se for o caso, desistir logo. É que esse é o trajeto que passa na frente do cemitério.

Bento riu, mas foi de alívio.

— Pois então o senhor pode me contratar. Só tenho medo é de fome e desemprego.

— Todos dizem a mesma coisa no início — suspirou o homem. — Mas ninguém fica muito tempo aqui.

Isso queria dizer que estava contratado. Era inacreditável. Nem milagre ia ser melhor. Fila nenhuma, uma entrevista curta e pimba! — estava empregado. O homem deu-lhe o uniforme e mandou que ele estivesse na garagem às dez e meia da noite.

Bento saiu dali rindo sozinho. Tão feliz que parou no boteco e pediu um café forte. Pra ver se não estava sonhando. O balconista mexeu com ele:

— Feliz uma hora dessas, é?

O rapaz confirmou:

— Arrumei emprego, colega.

E virou o café quente de um gole só, sentindo a energia da bebida aquecer seu dia.

* * *

Às onze da noite, Bento já estava na empresa, uniformizado e sorridente. Por via das dúvidas, trazia sua garrafinha de veneno de cobra dentro do bolso.

Foi recebido pelo chefe do turno, que o olhou de soslaio.

— O trabalho aqui é difícil, amigo.

— Tô sabendo — disse Bento. — Mas não tenho medo de pegar no pesado.

— Ninguém dura muito tempo nesse turno, sabia? — provocou o encarregado da noite.

— Sabia — respondeu Bento, sem vontade de prolongar a conversa. Por isso, emendou logo outra pergunta: — E trocador, vocês têm, ou também precisam ficar buscando um a cada semana?

O homem apontou para um rapaz com o beiço.

— O trocador é aquele ali, já faz uns cinco anos.

Bento olhou para o rapaz. Devia ter quase trinta anos. Era magro de dar dó, pálido, encurvado, com um cabelo meio sebento e o aspecto mais deprimido que ele já tinha visto em muitos anos.

Deu uma risada.

— Pode não ser forte, mas está aguentando, ao contrário de todos os fortões que vocês andaram contratando.

Aproximou-se do rapaz. Queria ser simpático. Afinal, iriam trabalhar juntos. Deu boa noite e estendeu a mão.

— Sou Bento.

— Adelmo — respondeu o rapaz, apertando frouxamente a mão que Bento oferecia. Nem levantou os olhos.

A primeira noite foi tão tranquila que Bento até desconfiou. O ônibus começava a circular às 23h10. Saiu do ponto final com um passageiro só, um homem simpático e falador que disse chamar-se Antônio. Via-se que era passageiro habitual. Assim que subiu na composição, gritou:

— Ô, Adelmo, tá de companheiro novo?

Bento não podia se virar para ver se Adelmo tinha feito algum gesto simpático para o homem. Som, não fez. Era caladão mesmo.

No segundo ponto, subiram duas moças com cadernos e livros escolares. Estudantes de turno da noite. Às 23h30, tirando os que já tinham descido, a população média do ônibus ficava em três passageiros. Um entrava, outro saía. Tudo gente com cara de quem tinha uma vida bem concreta pela frente: trabalho pesado, estudo até tarde. Perto da meia-noite uma mulher bonita, de calça jeans bem justa, entrou carregando uma bolsa grande. Um senhor grisalho saltou levando uma pasta preta pesada. Devia ser propagandista de laboratório farmacêutico. Perto do cemitério, as duas moças com os cadernos saltaram e uma velhinha gorducha subiu.

Assim passou-se a noite. Nenhum susto, nenhum problema.

Vai ver que foi assim porque hoje é quarta-feira, pensou Bento. Segunda-feira é que é um dia mais pesado para as almas. Se tiver algum problema, vai ser ali. Mas a segunda-feira também passou toda calma e preguiçosa, com o ônibus sacolejando lentamente pela escuridão da noite. Seu Antônio, as duas moças cheias de cadernos, a velhinha rechonchuda de vestido preto, a moça de jeans apertado, o homem grisalho com sua pasta pesada. Para quebrar um pouco a monotonia, mais para o fim do turno, um ou dois bêbados entraram cantando. Um deles resolveu brigar com o assento vazio ao seu lado. Nada de mais.

Na véspera de aproveitar sua folga semanal, falou para Adelmo:

— Estou até gostando desse emprego.

Resposta nenhuma.

Mas teve a impressão de que o rapaz esboçava um sorriso.

Logo percebeu que os colegas agora o tratavam com mais respeito. Era o primeiro em muitos meses que ficava no emprego além da primeira semana. E já fazia um mês que Bento estava no turno maldito, como era chamado o turno da noite da linha que passava em frente ao cemitério.

Um dia, um dos colegas, chamado Geilson, o chamou para um café no botequim em frente ao ponto final. Os homens que já tinham terminado seu turno estavam bebendo cerveja e comendo pastéis e sanduíches, e o cheiro de café forte que vinha da máquina era delicioso.

Assim que Bento entrou no boteco, as cabeças se viraram. Ele era o centro das atenções. Desta vez, era bem diferente do primeiro dia, quando todo mundo ria da cara dele. Deu um boa noite geral e percebeu que alguns homens até evitavam olhar para ele, como se tivessem medo. Estava começando a achar aquilo muito divertido. Um bando de sujeitos mal-encarados, fortes, todos muito orgulhosos de suas masculinidades, com medo dele, logo dele, um menino da roça. Dava até vontade de rir. Mas Bento fechou a cara, tentando ostentar um ar viril que fizesse jus à fama que começava a conquistar.

Logo viu que Geilson estava querendo se exibir ao lado dele, ostentando uma camaradagem meio forçada.

— Então quer dizer que nunca aconteceu nada esquisito durante o seu turno? — O homem tentava puxar assunto.

— Nada. Essas histórias que contam são tudo invenção desse povo que se impressiona à toa.

— E por que, então, tantos homens corajosos teriam pedido para mudar de turno e até mesmo largaram o emprego?

Bento deu de ombros. Tava aí uma coisa que ele também gostaria de saber.

— Você acha que eles eram medrosos — insistiu Geilson.

Fez-se um silêncio pesado no botequim. Até o balconista parou de enxugar copos para olhar para Bento. A verdade era que, sim, ele os achava medrosos. Ou pelo menos supersticiosos em demasia. Mas adivinhava que, entre os presentes, devia haver alguns dos que pediram pra trocar de turno ou de itinerário e preferiu ser diplomático.

— Amigo, eu não acho nada. Não fui contratado para achar nada. Só faço o meu trabalho.

Mas um sujeito enorme já tinha se levantado lá no fundo e vinha na direção dele. O homem botou uma mão do tamanho de uma pata de tigre no ombro de Bento e aproximou bem a cara vermelha. O rapaz foi atingido por um forte bafo de cerveja.

— Você se acha muito mais valente do que todos nós, né?

— Não acho nada, amigo, já falei. — Bento tentou ser cordial. Estava sentindo um clima de briga iminente, tinha que pegar seu turno em quinze minutos e não queria confusão.

— Ô valentão... — murmurou o homem sacudindo o ombro de Bento de um jeito que podia deslocar um osso. E prosseguiu:
— Me diz uma coisa, ô valentão... — Fez uma pausa. — Você nunca viu uma velha vestida de preto que sempre faz sinal perto do cemitério?

— Claro que sim. A mulher pegava o ônibus todo dia.
— Que tem ela?

Uma risada nervosa sacudiu a plateia que, àquela altura, se juntava em torno de Bento, doida pra ver uma briga começar.

O homem suavizou:

— E alguma vez você a viu saltar?

Bento franziu a testa. Nunca tinha prestado atenção. A plateia estourou numa gargalhada. Essa era muito boa. Não prestou atenção.

De valente, o rapaz começou a se sentir otário. Parecia que todo mundo sabia uma coisa, menos ele.

— Pois preste — disse o homem com um meio sorriso, batendo no seu ombro com um gesto que não se podia chamar exatamente de amigável.

Quando Bento já estava saindo, o homem ainda completou:

— E depois venha me contar.

No dia seguinte, Bento botou sua garrafinha com a cobra dentro do bolso da camisa. Sempre se sentia mais seguro com ela. Deu a partida no ônibus e começou a circular pelas ruas. Parecia que a noite estava ainda mais deserta do que o normal. Ou seria só o seu medo que provocava essa impressão?

Passou o ponto de Seu Antônio subir e nada dele. Tampouco as duas moças cheias de cadernos nos braços estavam esperando o ônibus. Começou a ficar preocupado. Para quebrar o silêncio, tentou puxar conversa com Adelmo:

— Noite esquisita, não acha?

Pelo espelho retrovisor, viu que o rapaz levantava a cabeça e apenas olhava para ele, sem articular palavra nenhuma.

— Seu Antônio não apareceu, nem as meninas. Será que a velhinha de preto vai estar no ponto dela?

Silêncio.

Bento insistiu. E fez a pergunta que andava entalada na sua garganta desde que tinha começado a pensar no assunto:

— Adelmo, você sabe quem é a senhorinha de preto?

Apesar do silêncio do cobrador, Bento percebeu seu olhar inquieto.

Ele sabia.

— Pois se você não me disser quem é, não vou parar no ponto do cemitério para ela subir — ameaçou o motorista, só para ver a reação do colega.

E foi imediata.

Adelmo arregalou os olhos, como se Bento tivesse dito um absurdo. Percebia-se que tinha ficado abalado.

— Eu sei que você sabe. Ou me diz ou eu vou virar na próxima à esquerda e nem vou passar pela porta do cemitério para pegar a velha.

Finalmente, o trocador abriu a boca:

— É minha mãe.

Bento ficou estranhamente aliviado. Desde criança estava acostumado a lidar com assombrações e almas penadas. Embora não gostasse delas, sabia que nem todas faziam mal. Só para ter certeza, perguntou:

— Há quanto tempo ela morreu?

— Cinco anos.

— Me conta o nome dela. Quero poder cumprimentá-la quando entrar.

Não era a verdade inteira. Bento estava curioso e pretendia investigar a misteriosa mulher.

— Piedade, mas todos a chamavam de Dona Piê.

Bento gravou o nome. Ao entrar na rua do cemitério, viu de longe a velha. Como sempre, estava no ponto esperando o ônibus chegar. Parou no lugar certo, abriu a porta e, quando a velha entrou, cumprimentou:

— Boa noite, Dona Piê.

A velha parou onde estava: no começo do corredor, bem ao lado de Bento. Olhou para ele como se o estivesse vendo pela primeira vez. Por seu turno, também foi a primeira vez que Bento olhou de verdade para a velha.

Com cinco anos de morta já devia estar só osso. Mas estava apenas muito deteriorada. O crânio mostrava o osso em vários pontos — onde não havia mais nem cabelo nem carne. O tecido do rosto estava comido em diversos pontos, como o canto esquerdo da boca, que mal se percebia por baixo da mancha azulada. Mesmo assim, ela sorriu.

Bento desviou os olhos. Não queria ver aquele sorriso. Deu graças aos céus por Dona Piê não puxar conversa. E conduziu o ônibus com mão firme até o ponto final — quando constatou que, realmente, a velha não tinha descido em ponto nenhum, mas tampouco se encontrava a bordo do veículo.

A cena se repetiu todas as noites e Bento ficava mais intrigado. Até que, um dia, decidiu acordar mais cedo e ir até o cemitério. Chegando lá, consultou os registros até descobrir qual mulher de nome Piedade tinha sido enterrada em 1987.

Não foi difícil. Estava no grande caderno de capa dura, escrito numa bonita caligrafia:

Piedade dos Santos, 24 de julho de 1987, Túmulo nº 178, Alameda 27

Decidido, saiu pelas alamedas do cemitério até encontrar a 27. Não demorou muito até chegar ao túmulo n. 178. Sobre a cobertura de mármore, havia uma foto. O rosto era exatamente igual ao da velha que pegava o ônibus todos os dias. Já se preparava para ir embora quando teve sua atenção atraída para outro túmulo, quase ao lado do de Dona Piê. O mármore era igual, o trabalho em pedra era o mesmo. Aproximou-se e ficou surpreso ao ver a foto. Mas arrepiado mesmo ficou quando viu a inscrição que dizia:

Adelmo dos Santos, 24 de julho de 1987

Instintivamente, apertou o vidro com veneno de cobra que sempre trazia no bolso. Mas já tinha visto tanta coisa nessa vida que não seria aquilo que o faria desistir do emprego.

Então, era isso.

Os colegas não estavam errados. A linha de ônibus que estava sob seus cuidados era mal-assombrada. E muito mais do que eles poderiam imaginar.

Para quem fora educado por Dona Cria, aquilo não era tão assustador assim.

Adelmo estava morto? A velha estava morta?

Azar deles.

Ele, Bento, estava vivo.

E pôde comprovar isso na Lua Nova seguinte, quando abriu a porta para uma passageira diferente de tudo o que ele já tinha visto na vida. Percebeu isso assim que viu a mão muito branca, com dedos quase transparentes de tão finos, cheia de anéis, segurar na alça metálica da entrada do ônibus. Ao erguer os olhos, empalideceu. Ali estava a mulher mais bonita que já tinha passado em sua frente. E também a mais elegante, embora as roupas da desconhecida fossem incomuns. Usava calça jeans rasgada, camisa de seda rosada com rendas que pareciam envelhecidas e uma jaqueta de couro preto por cima do conjunto. Levantando os olhos, viu um pescoço esguio enfeitado com várias voltas de um fio de pérolas. E acima, logo acima, um rosto forte, com a boca carnuda e olhos febris destacados pela maquiagem. Por fim, emoldurando tudo aquilo, uma verdadeira massa de cachos prateados partia de sua cabeça e se derramava pelos ombros e o tronco até quase a metade das coxas, como se fosse um manto.

De tão abestalhado, mal conseguiu dizer boa noite. Mas a mulher, sem nenhum acanhamento, respondeu:

— Boa noite. — E Bento ficou hipnotizado pelo som daquela voz. Não resistiu e tentou prolongar a conversa.

— Eu me chamo Bento, muito prazer — disse, à falta de outras palavras.

E a moça respondeu, com um sorriso que deixou o rapaz tonto:

— O prazer é meu, Bento.

Embarcou na condução, estalando os saltos de suas botas de couro preto nos degraus metálicos. Já no corredor, fora da vista do motorista, completou:

— Meu nome é Benzadeus.

XXII. O PRIMEIRO RAIO DE SOL

Margô ainda estava enrodilhada em um canto, gritando, quando começou a escutar um som que parecia ser o de uma campainha. Aos poucos, o som ficou mais presente. Percebeu que o chão da cela tornara-se mais liso. Abriu os olhos devagar. Estava em sua casa, deitada no chão, e alguém tocava furiosamente a campainha.

Ainda tonta, levantou-se e, tentando firmar as pernas, abriu a porta.

O porteiro a olhava espantado.

— A senhora me assustou. Está tudo bem?

Margô confirmou com a cabeça e fechou a porta sem dar maiores explicações.

Estava com medo de se virar e ver o que tinha em cima da mesa. Um medo terrível. Dirigiu-se à cozinha sem olhar para a mesa, pegou um corpo d'água e bebeu-o vagarosamente. Por fim, suspirou. Não podia passar a vida inteira virando a cara para a mesa. Prendeu a respiração e espiou com o canto do olho. O envelope estava lá. Exatamente o mesmo envelope de papel antigo com seu nome escrito numa caligrafia rebuscada. O mesmo envelope sujo de terra. Sentiu que todo o sangue fugia do seu rosto. Precisava pegar aquilo e jogar no lixo, tocar fogo, mas não tinha coragem nem mesmo de continuar olhando. Fechou os olhos, achando que ia desmaiar. Apoiou a mão na parede e encontrou um objeto plástico duro: o interfone. Ligou para a portaria e pediu que alguém fosse até seu apartamento com a maior urgência possível.

Assim que o porteiro retornou, ela pediu que tirasse aquele envelope de cima da mesa, o levasse para fora e o incendiasse sem perda de tempo.

O homem tomou o envelope nas mãos e olhou para ela espantado.

— A senhora tem certeza?

— Claro que tenho — respondeu ela com rispidez. Queria que aquilo saísse de sua casa o mais rapidamente possível. E que fosse queimado.

Como o homem hesitava, ela explicou, com a voz bastante alterada, apontando para o envelope com a mão trêmula:

— O senhor não compreende, mas esta carta está enfeitiçada. Isso é coisa de bruxaria.

— Que isso, Dona Margarete, tem bruxaria nenhuma aqui não — disse o homem com toda a calma. E mostrou o envelope. — Isso aqui é só um folheto de publicidade de um hotel-fazenda. Depois que a senhora recebeu, outros moradores também receberam. Eles estão dando três dias grátis para os primeiros que telefonarem.

Abriu o envelope e tirou o folheto de dentro dele. Parecia mesmo uma carta escrita em papel antigo. Mas dizia:

**NÃO PERCA. SENSACIONAL LANÇAMENTO
NO VALE DO PARAÍBA.**

ANTIGA FAZENDA DE CAFÉ, COMPLETAMENTE REFORMADA,
COM QUARTOS CONFORTÁVEIS, TELEFONE E TV.
VENHA PASSAR UNS DIAS CONOSCO.
TEMOS LINDAS TRILHAS PARA CAMINHADAS,
PASSEIOS A CAVALO E DELICIOSOS BANHOS DE RIO.

Abaixo do texto, vinham belas fotos da fazenda totalmente reformada.

Em uma delas, o casal de proprietários sorria abraçado, com um ar apaixonado.

O rapaz, ela podia jurar que era Bento.

E os cachos prateados da mulher não deixavam nenhuma dúvida: seu nome era Benzadeus.

AGRADECIMENTOS

Para Marianna Teixeira Soares, minha agente, e para a editora Ana Lima, que tão entusiasmadamente abraçaram este projeto.

Para Eugênia Ribas Vieira, Cíntia Moscovich, Maria Valéria Rezende, Raphael Montes e Ricardo Calmont Antunes, primeiros leitores, sem os quais eu não teria chegado a este resultado. Para Estevam Strausz Mota, sempre pronto para dar uma força na pesquisa.

Para os amigos do Centro de Umbanda A Caminho da Luz. Para a ialorixá Regina Fernandes, pela torcida e acompanhamento.

Para Thai Araújo e Jorge Melo, pelo carinho e apoio em todo o difícil processo do parto.

Impressão e Acabamento:
BMF GRÁFICA E EDITORA